花之凋零又重生

王秀娟 著

沈阳出版发行集团
沈 阳 出 版 社

图书在版编目（CIP）数据

花之凋零又重生 / 王秀娟著. -- 沈阳 : 沈阳出版社, 2020.8

ISBN 978-7-5716-1094-4

Ⅰ. ①花… Ⅱ. ①王… Ⅲ. ①长篇小说 - 中国 - 当代 Ⅳ. ①I247.5

中国版本图书馆CIP数据核字(2020)第133612号

出版发行：沈阳出版发行集团 | 沈阳出版社
（地址：沈阳市沈河区南翰林路 10 号　邮编：110011）
网　　址：http://www.sycbs.com
印　　刷：定州启航印刷有限公司
幅面尺寸：170mm × 240mm
印　　张：9.25
字　　数：100 千字
出版时间：2020 年 8 月第 1 版
印刷时间：2020 年 8 月第 1 次印刷
责任编辑：周　阳
封面设计：优盛文化
版式设计：优盛文化
责任校对：李　赫
责任监印：杨　旭

书　　号：ISBN 978-7-5716-1094-4
定　　价：39.00 元

联系电话：024-24112447
E - mail：sy24112447@163.com

序

婚姻是你不离我不弃

你若离我必背道而去

去向一个花开之地

结婚是幸福的开始，离婚是痛苦的结束。

——写给那些为爱迷茫的人们

（若有雷同纯属巧合）

目　录

第一篇　红

一、简单的婚礼

远嫁。

简单得不能再简单的婚礼。

“猪八戒背媳妇了！猪八戒背媳妇了！……”

在村子的十字路口，李漠在两个好友汪子凡、叶旺林的祝福声和响亮的鞭炮声中，背着欧阳粒红走进家门……

新郎李漠着一套深灰色西装、衬衣领带、浓密的头发吹烫有序、浓眉大眼，看上去神采奕然；欧阳粒红脚蹬红靴、红衣套裙裹身、头上红玫瑰加插满天星编发盘新娘头、妆容淡抹、喜庆尽显！

客人是绿叶，李漠是花瓣，殴阳粒红是花蕊。

婚姻节俭得不能再节俭，应该有的大排场都没有。

没有彩礼、没算八字、没穿婚纱、没有仪式、没有房、没有车、没三金，连一金也没有。

没有钱、没有欧阳粒红家的一个亲友！

最最重要的是在彩礼盛行的年代，女方竟没要男方一分钱彩礼！

女方的爱是真的，男方知道女方的爱是真的。

“我会幸福吗？”欧阳粒红自问，又非常自信：“我一定会幸福的！”欧阳粒红认为有两颗相爱的心足够了！

新娘子盘头都是朋友免费帮忙，另一个朋友免费化妆。

李漠在家中举行了一个简单的婚宴。

最大的遗憾仍是欧阳粒红的亲友均在千里之外，没有一位亲人来参加她这人生的关键的第二次投胎。

有人说，没有亲人祝福的婚姻注定是不幸福的！

可涉世未深的欧阳粒红并不这样认为，她认为自己可以给任何人带来幸福！八十岁的人都想寻找爱情，欧阳粒红认为为了爱可以付出一切，甚至生命也在所不惜！

但新婚的日子，欧阳粒红的感触最多的是对故乡深深地思念、对南方生活的极度不习惯和如影随形的孤单！

结婚是爱的结果，可婚姻更多的是物质基础上的油、盐、酱、醋、麻、辣、咸、甜、茶的生活混合滋味和喜、怒、哀、乐的心情交融及锅、碗、瓢、盆的交响曲的共同混杂以及为生活奔波忙碌的交叉，让你根本没时间体会爱到底是个啥？

婚姻里的痛苦是不定的，但幸福是必定的。

“讲讲恋爱史呗！”闹新房的朋友们在起哄：“讲讲？快讲讲！”李漠冲大家一笑，闭口不言。

李漠才不会讲这些呢！

“这个家就什么也没有我的了！”正当亲朋们闹得起劲，姑姐李丽竟当着欧阳粒红和亲朋的面，哭着说出这样的话：“还有这棵我栽的梨儿树！”

欧阳粒红内心感到十分不安。

难道家中的这两间破旧的老屋和梨子树，也不是李漠家的？

婚前和婚后真是不同的分水岭。

“快讲讲，你们到底怎么认识的？……”哄闹声淹没了欧阳粒红对李丽的语言的不解与不安。

二、婚前的感情模式

（一）邂逅金水河畔

秋天的清早，凉风习习。

金水河畔，成群的鸟儿在白桦树上欢快地鸣叫个不停……

欧阳粒红坐在金水河边的石凳上，正聚精会神地背大学语文中南唐后主李煜的一首词：“《虞美人》：春花秋月何时了，往事知多少？小楼昨夜又东风，故国不堪回首月明中！雕栏玉砌应犹在，只是朱颜改。问君能有几多愁？恰似一江春水向东流。”

自己的内心那分忧愁像什么？欧阳粒红是郑州法学院大一的学生，不知未来的路在何方？不知前途是个什么样？她的思想跑到蓝蓝的天上和白柔柔的云朵一起徜徉……

“你穿双拖鞋，有点有不拘小节吧！”

“谁？是谁在讲话？”低头背书的欧阳粒红正思忖着，是谁跟自己讲话呢？她抬头循声望去，见一男子身着一套灰色衣裳，简洁而朴素。腋下夹着书本，正在目不转睛地望着自己。觉得甚是眼熟，欧阳粒红竟一时想不起他是哪个系的。

过度的集中精力使她早忘了自己没穿袜子，低头看到自己赤脚穿拖鞋，有点窘迫。她再也不看这男生一眼，心里不高兴地想:“真是多管闲事！”

她盯着课本，漫不经心地说:“男生和女生交往，可是有不可告人的目的哟！”她想让这男生知趣地赶紧走开。

“你是说我有这心喽？！”这男生竟厚着脸皮，反问欧阳粒红。

这下把欧阳粒红给问住了。

“我——我没说你！”不服输的欧阳粒红一时气得竟口吃起来!

“特殊的语言，在特殊的环境里有特殊的意义！”这男生似乎不想放过欧阳粒红。

欧阳粒红不想理睬这个善辩的男生。

她一脸不悦，收拾好书，理也不理这个男生，径自回了教室。

这事在欧阳粒红心里也不算什么，在心里没有丝毫痕迹，和没发生一样，转眼就给忘了。

第二天清早，欧阳粒红准备在卖油条、胡辣汤的摊点吃早餐，对老板娘道："来个两掺，一个烧饼。"

可摊位上人太多，连个空位也没有，欧阳粒红考虑着要不要买了早餐带回去吃。

"你也来吃早餐？"说话的正是那个不知哪个系的男生。

"天呐！"欧阳粒红十分吃惊。

正巧这个男生的旁边有人离开，老板娘误认为欧阳粒红和这男生是熟人，径直将欧阳粒红的一碗"两掺"放在男生旁边，即同一张饭桌上。

"哎！哎！——"欧阳粒红想制止老板娘，想说："别把碗放在一起。"可来不及了！

看摊位上确实挤不下，欧阳粒红噘着嘴，很不高兴地坐在这个男生旁边吃早餐。

欧阳粒红突然想起来，这个男生也是法学院的，上公共课时看到过。

"你叫张文书吧？"欧阳粒红无意问道。

"你太没礼貌了！"这个同学用欧阳粒红不能接受的语气说着，"我叫李漠，张文书是我同桌。"

李漠同学的一席话，差点让欧阳粒红尴尬得把嘴里的烧饼卡在喉咙里！

欧阳粒红在学校一直任班长、团支部书记等职务，从没记错过同学的名字。

今天真丢人！内疚像条小虫子一样，爬进欧阳粒红的心里慢慢噬咬着欧阳粒红的高傲！

“我是四川的。”李漠自我介绍。

“噢！我对四川人印象不好，我们北方很多男的娶了四川女的，花了很多钱，那些女人最后全跑了。”欧阳粒红自小看到太多的四川女子在北方骗婚，导致家乡男子人财两空的事例。

“那些女人全是被骗去的，能不跑吗？”

有人竟替四川女子说话，李漠的这些话欧阳粒红还是头一回听到。仔细一想，欧阳粒红竟觉得李漠的话似乎也有几分道理。

真是角度不同，观点迥异。

仔细看他：浓眉、大眼、双眼皮，连睫毛都长得出奇，有棱有角的大鼻子、恰到好处的嘴巴、圆圆的下巴，勾勒出李漠一副较英俊的相貌。

欧阳粒红发现，这个一米七多一点的男子，面色苍白！好像不会笑！而且瘦！不是一般的瘦！是太瘦！瘦得根本不像正常男子的体魄！更像个未发育完整的未成年人。

更令人不解的是，那双大眼睛里似乎藏着很深很深的忧郁。

李漠抢着帮欧阳粒红付了早饭的钱！

欧阳粒红的自尊和自重让她从不接受男生的钱！

李漠一副不容拒绝的气势，挪步要一走了之的样子。

“给！”欧阳粒红买了两个油黄油黄的烧饼塞给李漠，算是还了这男生的人情账！

女生不接受男生的钱，实际上就是不接受男生这个人。

李漠认为欧阳粒红给两个烧饼的行为意义可不一般，和欧阳粒红的天真想法完全不一样。

他认为两个烧饼是一对，这就是爱情，是欧阳粒红对自己爱意的表达！

男人只要认为这是爱情，它就是爱情，尽管一切是自然现象，与爱情根本无关。可男人认为这就是爱情，早上的太阳是、晚上的月亮是、白云是、星星是、刮风是、下雨是；春天的绿色是、夏天的花开是、秋天的果实是、冬天的白雪是；拒绝是、离开是，接受更是。因为心情里全是爱情，所以看什么都是美好的爱情。

尽管欧阳粒红对李漠的爱情毫不知情，可是李漠不管这些，只要他认为这是爱情，那么这就是爱情。

（二）病中男生向往爱情

“我流鼻血了。”李漠告诉晚自习刚刚结束的欧阳粒红。

“你得了绝症还来读书？”欧阳粒红吓坏了，老家有个爱流鼻血的就是“白血病”，都说那人活不长了。

“我们南方人流鼻血很正常。”听着李漠的说辞，欧阳粒红根本不相信。谁会认为自己流鼻血正常嘛！

看着李漠仰着头，鼻子里塞着纸，止血的样子，欧阳粒红才明白李漠的面色因何如此苍白！

“这人怕没有多久的活头了！”欧阳粒红如此想着，想到这个人会因病消失在世间……莫名地一阵悲哀涌上心头。

善良的女孩子怎么可能抛弃一个将死之人？

“和你在一起，我这鼻血很少流。”李漠的这句话，真让欧阳粒红有了自己有种特异功能的感觉！自己原来还有拯救生命的能力！

李漠认为欧阳粒红就是女菩萨，她的出现就是来拯救自己的。欧阳粒红就是为了拯救他才出现的。

早上，欧阳粒红会用翻滚的白开水给李漠冲一个搅碎的生鸡蛋，再放上香油让李漠服下，或许这方法可以去火医治流鼻血吧！

欧阳粒红在教室，李漠就出现在教室；欧阳粒红在食堂，李漠就出现在食堂；殴阳粒红外出买东西，李漠就尾随欧阳粒红买东西……

暑假来了，欧阳粒红回家后，收到李漠六封情感激昂的来信，内容全是什么“爱你！亲爱的……”之类，欧阳粒红没有这种爱的感觉，觉得好假，不真实，全都烧了。

欧阳粒红没给李漠回信，一封也没回。

毕业后，李漠去了一家可口可乐公司上班，还有一年才能等到毕业的欧阳粒红。

唯有真的感情，才能打动人。

为了让欧阳粒红考好，李漠专门送了一大块牛肉给在考场准备考试的欧阳粒红。李漠很节约，平时，连五块钱一碗的泡馍都舍不得吃。欧阳粒红也很争气，《法制史》考到95分，是班上的第一名。

人非草木，皆有肺腑！

毕业的第二年春节，欧阳粒红在李漠的邀请下，第一次来到了南方……

（三）初到南方

春节。

欧阳粒红刚下火车，不禁奇怪地问李漠："那是什么？"

大冬天的，欧阳粒红竟看到远处山坡上的一片片郁郁葱葱，这和北方截然不同，此时北方的冬季正是一片萧寂。

"是小麦。"李漠答。

"连小麦也不认识了吗？"李漠十分不解欧阳粒红奇怪的提问。

李漠也没见过北方冬眠的小麦。

"小麦？天啊！北方的小麦正在呼呼睡觉呢。"欧阳粒红看到了一个与北方完全不同的世界，回答李漠："南北有别嘛！"

"这儿一年四季如春，冬天像春天一样。这儿和昆明很近，是有名的春城，是一座春天栖息的城市。"李漠骄傲地回答。

南方的建筑古里古气，欧阳粒红原来只是在电视上看到的橘子、广柑、核桃、板栗、樱桃等，这里应有尽有。欧阳粒红被白云环绕的青山和自上而下的小溪迷住了。

欧阳粒红很想顺着小溪而上，寻找溪水的源头在哪。为什么这溪水可以永久潺潺不息自上流下？层层绿草把这山水连成一片，这就是自然界的美啊！美煞！美煞！

“谁的孩子掉了？”

欧阳粒红被这不知名的突然听到的喊声吓一跳！

初见彝人，全是好奇和不解的谜，如海南大海的海底，神奇、美丽！

一个身着五颜六色少数民族服装的妇女，背上用一块很厚的五彩布裹着一个婴孩正往前走，听到好心人的喊声，回头看到地上的小鞋子，她倒回来，弯腰捡起，麻利地给婴孩穿上。

“刚才那个女的是彝族，我们这里是把‘鞋子’说成‘孩子’的，是四川这儿的方言。”李漠解释着。

“我早在姜昆说的相声里听过‘孩子掉了’的笑话，但这和亲眼所见感受完全不同。”欧阳粒红说着开心地笑着，欢喜地说：“真是百闻不如一见呀！”

欧阳粒红的家乡只有汉族和回族，居住的地方没见过别的民族。她感叹这彝族服饰真漂亮！欧阳粒红仿佛来到了一个全新的世界，心里全是好奇和想知道的谜底。

在这个最该结婚的年龄，遇到最适合结婚的人。李漠和欧阳粒红如开头一般结了婚。

结婚是幸福的开始。而孩子才是维系一个婚姻的纽带，婚姻的维系绝不是仅靠感情。没有孩子维系的婚姻多半不会长久，因为婚姻里没有希望，没有希望的婚姻会很快走向灭亡。

婚后，李漠和欧阳粒红很快有了自己的孩子，而这短短的 30 天，俗称“坐月子”，差点夺去欧阳粒红的性命！

三、真正的婚姻是什么

（一）月子变数多

如果想彻底看清楚婆家人对你的真实态度，那就生育一次，答案一定非常明了。

“白白净净的小脸蛋儿，细嫩得就像鸡蛋刚刚剥了皮儿；粉红色的小嘴紧闭着，就像画上去的一样；鼻子里两股气息就像微风轻轻柔柔地吹在欧阳粒红的脸上；双眼未睁、一对深黛眉、黑长黑长的睫毛上翘。这是世界最美的婴儿图！”在医院的产科病房，欧阳粒红闻着刺鼻的药品味道，看着出生几小时、正熟睡在自己身边的女儿。

女儿取名“蕊蕊”，是李漠和欧阳粒红的心肝宝贝！

有了宝贝，生育过程中的疼、苦、累等都不值一提了！感觉到的全是幸福！

“出院就回家。”李漠亲了亲可爱的女儿，告诉欧阳粒红。

欧阳粒红却说："农村家中院子里到处都是鸡屎，很脏，不想回去坐月子。"

欧阳粒红不想回李漠的农村家中坐月子，第六感让欧阳粒红莫名的有些担心什么似的。

"公公、婆婆总是和你外婆吵架，好像两方是阶级敌人一样，我又不知靠在哪一方说话。让我时常不知所措。"欧阳粒红告诉李漠自己的担心。

"你谁的也别听。农村家庭和皇宫一样是分派系的，两方也是一辈子也扯不清的恩怨。和皇宫不同的是没有权势之争，只不过没有性命之忧而已。"李漠说着，肯定了自己的态度："但必须回家去坐月子。"

李漠认为回家中坐月子，父母才有面子。

为了不让丈夫为难，欧阳粒红还是听从了丈夫的意见。

"妈，我这儿胀死了，很疼！"欧阳粒红才出院回农村第二天，再也忍受不住疼痛，告诉了婆婆。

"都是这样的，奶胀才会这样，都会胀起的！"婆婆温善地解释着，这是一个正常得不能再正常的现象。

可欧阳粒红感觉到的却是胸部从未有过的难以忍受的针扎一样的疼痛！

李漠要上班，下午才回来。

“做好了晚饭，粒红也没吃。”婆婆将儿媳妇的情况如实告知儿子。

“粒红，你怎么不吃晚饭？”丈夫在问。

“我冷！冷！”欧阳粒红上下牙打架一样，正在不停地颤抖着。

“天哪！三十九度三！”李漠发现欧阳粒红有些不正常，拿来体温计，量过体温确定高烧。

月子高烧是很危险的！多少女人死于“月子”？“月子”坐不好会落下一生永不痊愈的病痛！月子里的学问很多，没经历过坐月子的人是永远也不知道月子知识的深奥！所以才有专人伺候“坐月子”之说。

李漠说:“快起来，去医院！”

李漠给欧阳粒红穿上厚厚的棉衣，骑摩托车带她去镇上最近的卫生院医治。

医生初步诊断是“产后寒”，打了一针退烧针，然后就让欧阳粒红回家了。

“四十度！四十度！怎么还是四十度？”李漠自言自语着。

天还没亮，李漠看到温度表显示的是四十度时被吓坏了！“粒红！粒红！你还在烧！快起来！快去医院！”

很快，欧阳粒红住进了当地卫生院，连喂进嘴里的水都吐了出来，水已咽不下去，病情已相当凶险！

欧阳粒红的父母在欧阳粒红结婚时没来，可女儿生孩子时赶来了，因为这关乎到女儿的生命是不能不来的。

这就是父母的爱！有多真？有多深？有如宝藏，有如若尔盖大草原一般，无边无际！

闻讯赶来的父母要求："立即打 120 转大医院！所有费用我们出！"

120 医生很快赶到，医生焦急地询问："谁帮忙抬一下这位产妇？！"

李漠回家拿洗漱用品，不在。

"我来抬！"父亲站起来说道。

为了女儿，父亲是可以不要命的！

"你年龄太大，不可以。"医生婉拒父亲的提议。

担架、被褥、欧阳粒红加在一起很重！医院同病房的六个家属积极地将欧阳粒红抬出病房，欧阳粒红能听到六个人下楼梯时的喘息声。

欧阳粒红很想看清那些人的脸，记下以后好好报答！但她烧得太严重了，什么也看不清，眼睛模糊，整个人昏昏沉沉。

六个人将欧阳粒红艰难地又小心翼翼地抬上救护车。

李漠的姐姐在医院，忙着收拾着看望欧阳粒红的亲戚送来的礼品，对欧阳粒红的妈妈说：“欧阳粒红发烧，这些东西不能吃。”然后把礼物都拿回了自己的家。

欧阳粒红从不在意物质，对这些物质的归属也很大方，但在这个病重的时刻，有的人在意的永远不是你这个人，而是你这个人的财物。

往往小事才能真正反映出人心的善恶！

120 救护车在这个寒冷的冬天里呼啸着，似乎在喊着“救命！救命！——”救护车疾驰着……救护车内除了一名司机、一位医生和护士外，就是欧阳粒红和父母，那种悲伤和无助，谁也不知道欧阳粒红心里的真正感受……

“妈！我怕！”高烧的欧阳粒红因高烧而感到异常的冷，有些撑不住了，她颤抖着、颤抖着……产妇烧到四十度，意味着离鬼门关不远了……

“不怕！孩子，妈在！妈一定医好你！再也不会离开你！”妈妈抱着女儿大哭！

哭声里是妈妈数不尽的心疼和无尽的心酸，还有就是为什么当初不努力阻止女儿远嫁此地？泪水表达着深深的自责和医好女儿的信心！

三、真正的婚姻是什么

有妈妈的孩子是幸福的，有妈妈爱的孩子更幸福！

欧阳粒红转到大医院后，一会儿量体温，一会儿抽血，一会儿上产床……费尽周折做了多项检查后，可发烧原因还是找不到。

欧阳粒红已烧昏迷了几天了，迷糊中欧阳粒红仿佛看到了北方家中那条黄带子一般的黄河，心里暗自寻思："要是自己不在了，骨灰就撒向那里……"

欧阳粒红想到宝贝女儿才出生几天，就这样要永远失去母亲了，泪水不禁无声地从她脸上滑落下来！

"不行！怎么能让自己的孩子失去母亲呢？"母爱力量使欧阳粒红振作起来，"自己必须好起来！必须！"

"你爱人需要手术！已确诊'乳腺炎'，已经化脓了！"医生慢吞吞地告诉李漠。

"怎么会这样？"李漠不能接受妻子手术，那太痛苦了！

"月子里没照顾好！就是这样的！"医生也表示，没有更好的办法。

病症像魔鬼一样纠缠着欧阳粒红不放，欧阳粒红的身体仍像火炭一样烫！

"还是高烧不退！高烧！高烧！高烧！都七天了！"李漠嘴里嘟囔着。这使李漠非常焦虑！他心想："月子高烧一直四十度，妻子已经病危了！万一一直不退……”李漠想都不敢想。

病来如山倒，病去如抽丝！

持续七天的高烧，液体像冰针一样，欧阳粒红身体每滴进一滴液体，欧阳粒红觉得像针戳得一样疼！

她已无法承受输液了！医生建议必须立即手术，否则人危险矣！

七天七夜的检查、输液等等的折腾，欧阳粒红已是精疲力尽。

一听说还要手术，欧阳粒红最后一点精神支撑也断了，她再无承受手术能力，她精神崩溃！看着医院的窗户，打算跳窗连夜逃出医院，生死由命吧！

“你回家去，不让你在这照顾欧阳粒红！”正在欧阳粒红最需要人照顾时，姑姐不同意婆婆继续留在医院。

“不行，我要在这儿照顾粒红！”病房外，欧阳粒红听到了婆婆悄悄的说话声。

婆婆还是心善的。

“回去！回去！”在姑姐的强行要求下，婆婆拗不过姑姐，回家去了。

欧阳粒红永远记下了婆婆这句话：“不行，我要在这儿照顾粒红。”毕竟婆婆心里是想留下照顾儿媳妇的，她毕竟是做不了女儿的主，不心甘地走了。

李漠找到医院主任，交流妻子的病情：“求您再给想想办法，妻子已承受不了手术的痛苦！”

主任建议：“那先试一试，找中西医一起来医治，不行的话立即手术！”

敷芒硝、擦酒精、打特效针、放慢速度的输液……中西医一系列的医治，欧阳粒红终于感到身上热乎了！

高烧竟在一夜之间退去！

整整七天七夜，如魔鬼般的四十度高温终于向欧阳粒红告别！

“妈妈，我给您洗洗脚吧！”李漠端来热水准备给岳母洗脚。

“什么？你说什么？我怎么听不见？你说什么？”欧阳粒红的母亲已守了欧阳粒红七天七夜，累得近乎精神失灵，她什么也听不见了，一下倒在床上打起震天的呼噜声！

欧阳粒红的母亲和父亲在医院守护七天七夜，寸步不离，直到女儿退烧后，才七倒八歪地倒在病床上，打起呼噜来！

父母倦极了！女儿终于退烧，终于可以放心地睡一觉了！

第九天，欧阳粒红终于出院。

大病初愈！欧阳粒红感到窗外阳光格外明媚，树上的麻雀叽叽喳喳欢快地鸣叫着，似乎也为欧阳粒红康复而开心！那叫声，一听就是有多人宠爱的小麻雀的声音！

病人心里脆弱时最需要的是安慰。

可这场病导致公公极度不高兴！

“欧阳粒红生病与我们老人无关，是她自己得的病！我们什么责任也没有！不要来怪我们！我们不出钱，也不会照顾她的，欧阳粒红是李漠的责任！大不了老了我们不让她照顾我们！”公公对儿子李漠说了这些。

“哎呀！你们想的就是不出钱，不负责！你们说些什么？谁怪过你们了？”李漠不想父母生气，十分宽容地回答父亲。

而欧阳粒红的父母也没责怪过李漠的父母，欧阳粒红的父母想的是怎样让女儿的身体尽快调整好，怎样让女儿心情愉快。这半个月全在医院里了，这样坐月子，女儿是会落下病根儿的！欧阳粒红的父母担心女儿月子里得的病将终生痛苦！

可公公想的是怎样把责任推拖得干干净净！

欧阳粒红对这场“月子劫难”没想过怪谁。

为什么要去责怪别人，别人肯定也不想让欧阳粒红生病的，病好了难道不值得庆幸吗？为什么还要提那些想忘记得更快一些的事情？

欧阳粒红想的是抬自己上救护车的人，是哪里的好心人呢？那些帮助过自己又不认识的人，怎样才能找到呢？

孩子是家庭幸福的天使，也是家庭矛盾的导火索。

（二）公公的畸形性格

婆婆因犯过错，在家没有话语权。

原因是婆婆有外遇被公爹遇到后，公公以强奸罪将婆婆和第三者送到公安机关！要求判刑！

“二人已有二十多年的关系，不是强奸，属于道德约束的范围。”公安局干警解释后，立即释放了婆婆和这个第三者。

公公疯了一样背上铡刀去找第三者复仇，结果第三者反追着公公打，公公竟怕了第三者四处躲藏。

此事成为村里的笑柄！

此事错本在第三者，可第三者如此嚣张是因为公公对三个老人极度不孝和侮辱，造成声誉大损！因此没人同情公公反而说他罪有应得！

实际上婆婆的过错还真是公公逼的，公公从没有尊重过婆婆，语言上时常是：“拿你的狗肚子，养我子女的金身子。”

公公多年总是用各种不堪的语言侮辱婆婆，无数次各种家暴婆婆，时常拿板凳、菜刀等对着婆婆一阵乱抡。婆婆也会反击：“今天，我跟你拼了！”婆婆将公公丢过来的菜刀又指向公公！“你当鬼儿子老师，怪不得你的同行都叫你李臭老师，你和谁也搞不拢；怪不得你那些学生家长都来打你！

你太讨厌，怪不得学校开除你！怪不得你妈上吊，怪不得你七弟兄不和你来往！怪不得我背叛你！……”婆婆已是忍无可忍。兔子急了也咬人！

公公把婆婆平时没来得及洗的内裤用树枝挑着在村子里公开叫喊：“快来看，快来看，看我老婆懒成什么样？这是我老婆不洗的内裤……”这让婆婆脸面尽失。

晚上田里放夜水，公公会让婆婆接连着几夜放夜水，让妻子去守夜，自己则在家中睡大觉。

婆婆对公公也是说不完又道不尽的悲凉和哀伤！

婆婆虽然没文化，但再低微的人也无法忍受这种深入骨髓和生存脸面的侮辱！

有个一丝丝也不爱自己的丈夫也就算了，可偏偏这个丈夫还要精神和肉体折磨，令人恐惧的是这种折磨持续的是十几年甚至一生！导致婆婆身心俱伤！人生也是噩梦一场！

为了寻找情感上的温暖，婆婆有了外遇，这个男人在年轻时向婆婆提过亲，当时阴差阳错无缘，说来也是一场情感劫难！

因为婆婆有过错，因此是不受公公和女儿欢迎的，在家什么主也做不了。

公公不让婆婆帮带孩子，认为她不配。

公公决定亲自来帮带孩子。

欧阳粒红不知道男人带孩子会是怎样的一种情形？

一次欧阳粒红下班回家，看到公公睡在沙发上，让蕊蕊正啃他臭臭的脚趾头，虽然觉得恶心，想到公公是长辈，欧阳粒红也没责怪过公公！

公公见欧阳粒红看到这一幕也窘迫地坐了起来！

一个家庭，如果没有一个家庭的主语权者，凡事都处理不好，任何一件事都可以是所有家庭矛盾的来源。

孩子吃什么是矛盾，怎么吃？吃得甜了，吃得咸了，也是矛盾！孩子的衣服怎么洗，怎么穿？穿得薄了，穿得厚了，也是矛盾！孩子睡觉也是矛盾，怎么睡？睡的时间长了，时间短了，也是矛盾！对孩子的教育更是，老人说这样教，晚辈说那样教，也是矛盾。

观念不同，方法不同，矛盾不同。

有了孩子更有了不吃饭不睡觉，累得天旋地转也做不完的家务。

男人的骨子里认为家务是属于女人的。

实际上家务压榨了一个女人所有的天赋和所有的才华，如果一个女人将一生做家务的时间，都用在工作和事业上的话，成为一个行业的院士那也是有可能的。

由于洗涤家务的太多，欧阳粒红的手指肚全部开裂，全绑上了“创可贴”。

欧阳粒红仍使劲搓洗着孩子的衣服，孩子的尿布以及李漠的衣服，加上自己的衣服，自己绑了创可贴的手指一碰到洗衣粉水——真疼！

欧阳粒红拼命对孩子好、拼命对丈夫好、拼命做家务、拼命工作，但就是没拼命爱过自己。

晾好衣服，欧阳粒红准备抱孩子喂奶。

因为母女是相通的，受惊的奶水直飙！孩子肯定饿极了，哺乳过的妈妈们都有过这样的经历。

孩子饿疯了样，一边哭一边看着妈妈。

而公公强迫扶着蕊蕊用手攀爬像是游乐设施的单位大门。

为了避免凉，欧阳粒红搓了搓手，准备给饿得哇哇直哭的孩子抱下来哺乳。

公公突然从大门上将孩子抱在怀里，几乎用跑的速度离开，同时扭头恶狠狠地对欧阳粒红说：“你手凉！”

欧阳粒红没想过，这是欺凌。

欧阳粒红认为自己的手确实凉。于是，欧阳粒红将手揣进腋窝下暖了又暖，确定手暖和了才来给孩子喂奶。

可当欧阳粒红刚刚要伸手准备抱孩子时。公公的一句：

“她不找你！她要爬大门！”这句话将欧阳粒红死死地钉在原地。

无法解释的言行，就是变态！

看着饿得哇哇大哭的女儿，欧阳粒红伤心极了！对抱着孩子想继续跑的公爹厉声说道：“站住！”

公爹被这母亲的声音震得停下脚步，竟还反问欧阳粒红：“你要干嘛？”

欧阳粒红没有回答公公的问话，泪水一下抑制不住地流下来，一个母亲要给孩子哺乳，也需要解释吗？

公公不得不把孩子递给欧阳粒红。

女儿投入妈妈的怀抱，本能在寻找着，拱着妈妈的衣服……女儿饿坏了，哭声换作贪婪的吸吮声……欧阳粒红看着饿极了的孩子，更加伤心！折磨自己也就算了，何苦让孩子一起遭罪！

和畸形家庭成为一家人，承受的是一般人难以想象的畸形得如夏花承受冬天霜冻一样的磨折！完全是不该有的磨难！

“别恨我，是李丽让我来恨你的！是李丽让我来分你和李漠的财产，是李丽让我们以后不管你们，只跟你们要钱！是李丽让我来整你们的！”公公丢下这么多伤人的话：“是李丽不让我们给你们带孩子的！”

姑子的恶被公公赤裸裸地出卖！

有些姑子很可恶，但这样可恶的姑子世界上仅有此一个！绝不是其中之一。

欧阳粒红并不憎恨姑子姐，不是因为姑子可怜，也不是因为她不够憎恶，而是欧阳粒红压根不会恨人！欧阳粒红希望姑子幸福，姑子幸福了心情好，家人也会少受些折磨。欧阳粒红也搞不懂自己的心到底是什么做的，竟不会恨人！

（三）李丽心灵扭曲加上糟糕的父亲导致离婚

公公是谁都不认的。

没想到的是公公也在千方百计地折磨自己的女儿。

李丽虽矮但不丑。

看来公公不仅是心理畸形，连神经也扭曲了！

“爸爸太坏了！没有肺结核还骗我说吐血？！”李丽将五叔喊来，哭泣着请求五叔给评理，“医院去检查过了，说没有病，说爸爸没事，是爸爸装病说吐血骗我去给他看病。”

“看你还知道喊我个爸爸，我给你60分。”公公对李丽说着。

五叔叔说：“没病就好，这事就这样了了。”

“我得了腹膜炎，不能生育了，爸爸说不是他的责任是我丈夫陈军一的责任！我不是你的女儿吗？”出了院的李丽哇哇大哭。

“你得的是‘宫外孕’，是陈军一的责任！你结婚了，就是陈军一的责任，与我无关！我不应该出钱也不应该出力！”公公也气愤异常，脸色发青，口水白沫一阵乱飞。

陈军一在旁边非常鄙视地看着老岳父，心想：“自己的女儿生病都往外推，真不是人！”

“你不是我父亲！你还说我死了把我送给医院，解剖！以此赚钱！我是个女人，我不同意！”李丽的眼睛哭得像红桃子一样又红又肿，愤怒地诉说着父亲的不是。

公公气坏了！直接出门走了……

五叔对于自己的哥哥，什么也不好说，也走了……

事后，公公经常在公共场合说：“李丽不孝，李丽经常在家没人时，训斥我，现在把我的钱都掏空了，她只想我的财产，不想养我老！这个儿女又勾又斗！”

总之是父女之间相互诋毁。

欧阳粒红不知道李丽到底得了“宫外孕”还是“腹膜炎”，只知道这是李丽不育的原因，但认为无论什么病，父亲和丈夫都该好好照顾李丽才对，怎么公公说出的话让人觉得没有一点人情味呢？

“公公对女儿如此做得出来，自己这个儿媳又算什么呢？”粒红真的觉得这个家庭就像个烂苹果，外边像个苹果，可心里全是烂的。

在李丽还未走出病痛时，新的打击又来了！

姑姐五观还算俊俏。

“瞧你那姑子，一样为人，可惜短了一截，个子不到一米五。矮子心眼多，怪不得心理变态！”

邻居这样给欧阳粒红说话，很难听，也不顾及欧阳粒红和李丽是一家人的感受。但没办法，人家说的都是事实。

李漠和欧阳粒红被叫到李丽家。

“今天，我和李丽分开了，因为过不到一起了，所以今天我请大家来吃一顿饭，顺便让大家给见证一下。”李丽的丈夫陈军一举起酒杯，对请来的朋友们解释着。

“姐姐那么爱你，你也忍心离开她？”欧阳粒红劝姐夫陈军一不要离婚。

“唉！你不知道，这日子没法过。你姐早上十点都还不起床。到我家后也是这样，哥哥嫂嫂因为她那张经常搬弄是非的嘴，都要来撕她，她去我家一趟全家让她给搅得乌烟瘴气！她在街上会对我又打又骂像个泼妇一样！从来没顾及过我的感受！财产我都不要，全部归你姐李丽，我净身出户！”陈军一猛抽一口烟，像下了决心一样。

欧阳粒红知道，离婚绝不是陈军一说的这么简单，主要是因为李丽没有生育，加之李丽的家庭环境也让姐夫心里不畅。

三、真正的婚姻是什么

“姐姐多可怜！你就这样离开她？”欧阳粒红心善言善仍在劝陈军一。

“她可怜，我就给她啃脚指甲？”陈军一的这句话已很不礼貌，欧阳粒红知道也没必要再交流下去。

“我们已经领了离婚证，报养的孩子归李丽，今天就告辞了！”陈军一铁了心要离婚，说完即走了。

欧阳粒红还在担心，姐姐怎么受得了这样的打击？

李漠和欧阳粒红今天被李丽喊来吃饭，看来，目的也是来当离婚见证人的。

“你都为他自杀，他看都不看你一眼就走了，你还伤心个什么？”婆婆看着李丽手腕渗血的纱布，劝说李丽。

李丽仍在哭。

听了婆婆的一席话，欧阳粒红这才惊讶发现，李丽是割脉自杀！她手腕缠着厚厚白白的纱布，渗透出红红的血色，格外恐怖！

因为是晚饭，欧阳粒红给了婆婆二百元钱就和李漠走了。

欧阳粒红根本不知道给老人钱也会出事非！

欧阳粒红嫁得远，是把李漠的父母和姐姐当成自己最亲的人对待的。可这是欧阳粒红的想法，李丽想的和欧阳粒红恰恰相反。

“哎呀，妈、爸，粒红给了你们钱就不高兴！”李丽一脸认真地从中挑唆父母。

但凡说儿媳对老人不好，很难有人会不信！

公婆立即相信了李丽的话，脸难看得可以揪出苦水。

“这是李漠做不了主，所以儿媳才拿钱，拿了又不高兴！我都看出粒红脸色难看！”李丽继续和父母及在场的朋友们说着欧阳粒红。

嫉妒容不得李丽看到欧阳粒红的好，无论如何也不能让欧阳粒红好过。李丽看不得欧阳粒红的优秀！在李丽看来欧阳粒红的优秀太刺眼，尽管这个弟媳很维护她、爱护她，那也不能让欧阳粒红优秀的光照在自己的身上！

给了公婆钱的儿媳还不如这不给钱的女儿功劳大！巧舌如簧的挑唆能力可见一斑。给了钱的欧阳粒红竟招来厌恶！外人都看不惯李丽的行为，事后朋友告诉了欧阳粒红这些话的真相。

“正处悲伤之中的李丽，哪来这么多歪心思？她这么可怜，不是正在伤心吗？她为什么这么做？”欧阳粒红无论怎么想也想不出原因。

因为对某些人来说，你优秀就是错，但当时欧阳粒红不懂。

有姑子挑唆，想和婆家人相处融洽就更难了，只要交往就是是非，不交往又不行。

真正的婚姻就是和乱七八糟的性情各异的人相处，受了伤仍为了最爱的人有个完整的家忍着。

四、她的手伸向孩子

律师是不能抱着孩子四处取证和开庭的，无奈之下，女儿蕊蕊最终还是在李漠的坚持下送回去给公婆带。

送回去两天，李漠和欧阳粒红准备回家去看望老人，也去看孩子。

回到农家院子，看到女儿蕊蕊戴着大姨买的那顶粉红色毛线帽子，身上一套粉红色棉衣，看着女儿的背影，欧阳粒红慢慢走近女儿，女儿正一把沙子一把沙子地装进衣服里，高兴地看着沙子从裤腿里流出来！由于专心没感觉到妈妈的轻轻的脚步声。欧阳粒红喊了一句“蕊蕊”！女儿听到妈妈的声音，“妈妈！妈妈”地喊着扑进欧阳粒红的怀里。但孩子不对劲地指着自己的小脸“嗯，嗯……”

“天哪！这是怎么啦？”欧阳粒红看到女儿的小脸上有四道深深的手指甲的抓痕，从眉尾一直到下巴，深深长长的伤口上血清还在流淌着……

欧阳粒红将女儿搂在怀里，心疼得欧阳粒红眼泪一泻而下，哭成泪人。女人的母爱是天性。

欧阳粒红看着女儿满脸的伤，恨不能将伤换到自己脸上。女儿呀呀地说着，蕊蕊还不会说话。只有母亲才懂女儿的语言，是在说“疼！”“疼！”

欧阳粒红自责着：“是自己没照顾好自己的孩子！”

“是你姐姐从街上回来拿米，把蕊蕊抓成这样的！”婆婆是不说谎话的。

“我看看女儿的脸？”李漠刚刚去了姐姐家回来，“姐姐说她把蕊蕊脸上的四槽肉都给抓下来了！”李漠看着蕊蕊受伤的脸，“唉！怎么抓得这样严重？”

发生了这锥心一幕后，欧阳粒红什么也没说，只是发誓自此以后自己再苦都要把蕊蕊带在身边，这种事情绝不可以发生第二次。

欧阳粒红不明白的是，为什么李丽不带孩子去医院医治一下呢？面部的伤，涉及长大后孩子的容貌，欧阳粒红更担心，这又长又深的抓伤痕迹会不会在女儿脸上留一辈子？

刚回到租房处，电话响了，欧阳粒红听到李丽的声音：“你肯定看到蕊蕊的伤好心疼！呜……呜……”电话那头传来李丽的哭声。

欧阳粒红接着电话，连一句话还没来得及说，还没责怪李丽，李丽反而委屈地在电话里说：“李漠还说我大意的呀！”不但不依李漠，还告李漠的状一样！

该哭的是欧阳粒红好不好？欧阳粒红觉得丈夫的话没有错，带孩子不能大意！该哭的没哭，致害人好像还不原谅受伤人似的？！欧阳粒红顿感心寒无语。

欧阳粒红没有责怪过李丽，认为重要的不是责怪，而是不能让孩子再受伤害！

欧阳粒红的善良是一种应该让犯错的人感到宽容的愧疚才对！

可对恶毒的人宽容就是变相的纵容，认为继续有恃无恐的威胁和放肆践踏你的善良才是能力和胜利！

其实受了委屈就是要说出来，否则伤害你的人以为你好欺负，下次还会伤害你，且伤得更重！

“这是想给你女儿整死！”有个女当事人看到蕊蕊的脸，问及经过后，告诫欧阳粒红：“有些人坏得很！有些妯娌、姑子把孩子害死的事情，你听的、见的还少吗？把孩子保护好！”

当事人善意的提醒吓坏了欧阳粒红！

五、恐怖的畸形家庭！

（一）李丽翻脸 家庭关系一团糟

“小漠，我想借钱买摩托车，我有 2000 元再借 3000 就行了。”李丽打电话给李漠。

李漠回答说：“欧阳粒红同意借，只是说两口子该商量商量。”李漠说的都是无心的真话。

“什么！你这个软骨头，借钱都还要给老婆商量！”公公、婆婆在李丽带领下气势汹汹冲进李漠所在的办公室。办公室是李漠和欧阳粒红辛苦买的一处旧房子，有一间门面可以做办公室。

李丽买房子向李漠借钱，打牌输了向李漠借钱，有一次还说脚断了住院借钱，还有……无数次借钱，哪一次没借过呀！

如果亲戚总爱向你借钱，只要一次不借就会翻脸的！所有的好都会变成所有的错！索性这样的亲戚不要交往了！因为早晚都要翻脸，不如早翻脸。

“今天就是来臊你的，看你把我怎么样？”李丽走到办公室外边的大街上，从这头走到那头，大声嚷嚷着：”今天，就是来臊你们的！”

大街上有人看热闹，有人不平地说：“这些人，这样对待人家，人家有什么待不得你的？真是太过分了哟！太不像话，就是看不起这些欺负人的人！”街上人的围观给公公和婆婆及姑姐极不好的评价！嗤之以鼻！

“我儿子原来可好了，娶了你就不听话了！你向我儿了吹的什么枕边风？我儿子让你教坏了！”公公骂完，婆婆接着骂：“你就是娼妇！你就是婊子！……”婆婆冲着欧阳粒红阵阵泼骂！可怜的欧阳粒红一口难敌众口，有理也是没理！

欧阳粒红看着发疯的一家人，鄙视地看着公婆和恶姑姐的表演，认为真没必要欺侮自家的儿媳和兄弟媳妇，或许被你欺负的这个人，正是你们晚年唯一可依靠之人。万一晚年用人之时，怎么配得上被欺之人的好呢？这些伤人的话又如何收回呢？但转念一想这样也好，她们终于自己把借钱的路全堵了。

“你才是娼妇！你才是婊子！为什么这样对待自己的儿媳

妇？人家这么远来看上你家什么了？你是有房？有钱？还是有权？这么好的媳妇哪儿去找？”公公的大姐也是大姑，冲进来的一席话，使有短处的婆婆立即闭嘴！

公公的大姐和公公的大哥、三哥听说了有事都赶来了，正赶上最热闹的场面。

大伯在桌子拍了一巴掌：“你李军军太不像话！ 人家亲戚要是在这里非撕烂你的嘴不可？！”毕竟是公公的哥哥和姐姐到场，公公李军军也不敢说话了。

真是路不平有人铲，事不平有人管！

此时派出所竟也来人了！吓了欧阳粒红一跳！心想出什么大事了？

“刚才李漠打我，是儿媳教唆的，把他们都逮了！”公公赶忙上前告状，并示明是他报的警。

“家事，家事。”三伯摆摆手示意警察不要管了，“你们走吧！给你们添麻烦了！”警察听说是家事便回了。

欧阳粒红冷静地看着这些发疯的公公、婆婆和姑子姐，奇怪的是欧阳粒红并不觉得自己受气，而觉得始作俑者着实可怜，伤害一个远嫁而来的善良弱女子，有价值吗？有炫耀的资本吗？只会招来唾骂和内疚！伤人者只能伤己！因为你欠的，上天早晚都会加倍地偿还！

正巧发现女儿不在了，因为担心孩子，欧阳粒红出门找孩子去了。

大家怎么散的，欧阳粒红并不知道。

由于亲戚和邻居各种谴责公公、婆婆和姑子的恶行，这让公公一行十分窝火！是自己背鼓上门——找打！

第二天，公公厚着脸皮来了说："欧阳粒红，我们错了，这是我写的一封道歉信！"说着，公公放在桌子上一封信。

"拿走，不需要！"道歉无法弥补伤害，欧阳粒红不接受公公的道歉。

公公丢下那封信，悻悻地走了。

欧阳粒红不会恨人，但也不会原谅无故来伤人的人。

"你姐生病了，让你们必须去看她，否则她带着老人去告你们！"姑姐李丽让朋友来劝和，并带来了这话。

是谁也不会去看这样的姑子的！光明正大告知：若不去看望她，则挑唆老人控告儿子、儿媳不孝为要挟！怕！就不是李漠和欧阳粒红！李漠和欧阳粒红是不会惧怕任何威胁的！

姑子的恶行，开始上演，成功将父子、母子关系破坏！

只能说老人本心是善良的，只可惜自己教育出这样的女儿，将自己的养老路断送了。

真如姑姐所言，因为欧阳粒红和李漠都没有去看望患上“肺结核”的李丽，李丽发动公公婆婆，为了不让兄弟和兄弟媳妇做人，李丽带着两个老人各种去司法局等机关、党政部门控告儿子不孝！看到李漠的同学，见到一个便要糟蹋自己儿子一翻。目的就是不让儿子、儿媳做人！劣迹斑斑的公公，将死去的岳父丢弃在水沟不孝一事，已是在当地臭名远扬。加上岳母去世不安葬，违背岳母土葬还将遗体送给卫校做实验早已惹怒村民！而亲生母亲又吊死家中，对这样一个上不敬老、下不爱小的人，他的话谁都是听都不想听更也不信！何况是一个亲生父亲贬低自己的儿子的说辞！

“有些人不配做父母，更不配做人！”大姑时常这样训斥公公。

麻雀都知道护雏。

对于一个连自己亲生儿子都不爱的人，谁又会爱这样的连鸟雀都不如的人呢？

有些人谁也不爱，世界上也没有一个人爱他！

孔子曾说过一个很老的人又很坏、很讨厌，就如：贼。

欧阳粒红认为，一个很老的人又很坏、很讨厌，就如：老鼠。

欧阳粒红认为，儿媳在法律上无赡养公婆义务，一些儿媳也没必要被一直磨折自己的公公婆婆上了不孝的枷锁。长辈对晚辈儿媳好，儿媳自然应该对长辈好，如果长辈一直欺侮晚辈儿媳，长辈的一切事务则与儿媳无关。儿子如何孝敬与儿媳无关。

因此谁也别说子女不孝！

欧阳粒红认为人间没有不孝，有的只是心缘不和。

父慈子孝是人间最大的幸福！可有些父子、母女关系不睦，长辈可以用大枝子压人，让晚辈痛苦！因心念不同，导致晚辈没有遵从长辈的心意，这不是不孝，只是心缘不和而已。只要心缘相投，给爱、给钱、给命都舍得！否则，父子又怎样？母女又如何？都是一种孽缘！因此，一些无法相处的父子关系、母女关系不是不孝而是心缘不和。

有些女人和娘家老人联和起来整治自己娘家的哥嫂和兄弟及弟媳，这是最最愚蠢的人，整的不是别人是自己，断了自己的后路！因为父母死后，娘家人依靠的只有哥、嫂或兄弟和弟媳！

“这是我们给蕊蕊买的新衣服。”三伯和三伯娘时常来看望蕊蕊，每次都给蕊蕊买衣服。

公公的三哥三嫂对李漠和欧阳粒红及女儿关心，让欧阳粒红在这冰窟一样的生活里有如遇到了一抹阳光，温暖倍增！

“这是鸡，这是百合和薏米，炖鸡吃了就不头昏了。”八十岁的姑姑时常拿着各种大包补食，送给李漠。大姑比亲生母亲还关爱李漠！

李漠心情不畅，睡眠不好加上长久的家庭焦虑，患上了“美尼尔综合征”，加之又爱流鼻血时常头昏。

“你们是好孩子！遇上这样的姑子和父母没有办法了！我们教育了，他们也不听。你们好好过就行了！我们叔叔、伯伯、姑姑心里很清楚他们的为人，很理解你们也支持你们！”大姑时常给李漠和欧阳粒红关爱和宽慰。

公公的姐姐也就是大姑的关心给李漠带来莫大的慰藉！

（二）虐待养女

很多女人没有生育能力，心里也不会是如此迂回和盘旋的扭曲。

李丽的心里、眼里全是仇恨！心里种植仇恨的种子，生出来的是仇恨的芽，长出了仇恨的叶，开出的是仇恨的花，结的自然是仇恨的果。

有一个个比李丽还要可怜无数倍的孩子！

前面提到，李丽的第一个丈夫陈军一实在忍受不了她早上十点才起床、天天打麻将以及强势的性格，家中的几个妯娌几乎每人都想来撕李丽这张讨厌的嘴巴！天天挑唆家庭不和睦！加上李丽没有生育，李丽的丈夫陈军一忍无可忍和李丽离了婚。

收养的女儿莲莲被判归李丽抚养。

男人自己没有生育是可以容忍的，万万无法容忍没有生育能力的女人。

李丽用割脉来威胁丈夫留下，可丈夫根本看都不看一眼伤口流血的李丽，无情地离她而去！

据说离婚后陈军一过得很幸福！离开畸形家庭，就是离开了不幸。

谁走进这样的家庭，谁就会遭受非人的精神折磨！

欧阳粒红巧遇李丽的养女正在吃饭，“我来喂你吧？”欧阳粒红看着眼里饱含泪水的莲莲，端起碗准备给莲莲喂饭。

莲莲这孩子是被人遗弃的彝族女孩。

莲莲比蕊蕊大一岁，一双乌黑的大眼睛挺漂亮的，还会背儿歌，极聪慧！

“让你舅母给你喂饭！让你舅母给你喂饭！”欧阳粒红还没反应过来是怎么回事，李丽从欧阳粒红的手中抢过碗筷，冲着莲莲的脑门心，用筷子连抽莲莲脑门十几筷子！莲莲哭得更凶了！呜呜——呜呜……

惊呆于李丽的暴虐之余，欧阳粒红起身离开了！

欧阳粒红觉得李丽的行为令自己太无尊严！这倒其次。主要是自己也救不了那可怜的孩子。

欧阳粒红也劝说和制止过李丽不要这样，可一个人的性格，岂是人劝就能改变得了的！欧阳粒红的劝说换来的是李丽更深的憎恨！

家庭决定性格，性格决定命运！

经常有人谈及李丽虐待莲莲的事，有的说：“李丽一脚将莲莲从门内踹出门外十几米，不知那孩子怎么受得了！”；有人说：“李丽，一脚将莲莲从二楼上蹬下楼，莲莲的腿摔骨折了”；有人说：“李丽，把莲莲的耳朵撕扯开来缝了十几针！”；有人说：“李丽把莲莲的手指打骨折，李丽更把翘起来的骨头给按了回去！”；有人说：“孩子放学不回家，出了校门又进校门，进了校门又出校门，来回往复无数次，不知该往哪里去？被虐待得心理也变态了！衣服烂得都遮不住身体了。”；有的说……欧阳粒红知道真相比这要惨得多！因为这都是真的。

由于工作和家庭的事务较多，加之无法和姑子相处，欧阳粒红去李丽家的次数越来越少。

“你看电视了吗？你姐李丽上了电视《今晚八零零》。”

欧阳粒红去法院办一桩案子，被一位女法官问及此事。

欧阳粒红并不知情。

忙说：“我不知道呢，怎么了？”

“说你姐李丽虐待孩子，那孩子上课时一瘫一拐的，才被老师发现，掀开衣服一看，全身一块好肉也没有，全身的皮全被打烂了！浑身全是紫的！身上多处骨折！老师报了派出所和妇联！你姐在电视上当着妇联和派出的干警保证再也不打孩子了！”欧阳粒红闻此惊悚不已！

作为一位母亲，可能此事触及了她心灵深处的东西，否则作为法官不会谈及私事的。

欧阳粒红什么也没说，办完案子匆匆离开了。

上了电视成了新闻，李丽认为莲莲丢了她的脸，偷偷关着门打得更凶！最后莲莲为了活命，连家也不敢回了。莲莲小小年纪为了糊口，只有在风月场靠不耻的事情艰难度日。

（三）莲莲死了

有个地方没有痛苦。

“请问是李律师吗？我是市刑大李警官，你外甥女死了！”

李漠惊愕地反问警察：“我哪有什么外甥女？”

“都说是你外甥女，你快来看一下现场……”

“外甥女？现场在哪？”

“就在街上的农贸市场，请快点。”警察在催促。

李漠莫名地接到市公安局刑警的电话，吓了一跳，心里不禁暗暗嘀咕：“哪来的外甥女被人杀害了？”

来不及细想，李漠满是疑惑地赶到现场，现场围观的人很多。

现场：一张白色床单遮住了尸体的全部，孩子脚蹬黑色棉靴子，下穿黑色皮裤，上身穿红色夹克。黑黑的头发扎着马尾巴。虽然多年未见到过这孩子，是莲莲无疑！

“莲莲！”李漠去摸那孩子的鼻子，孩子早已没了气息。

“听说这孩子头上、身上的骨头没有一块是不骨折的，全身没有一块不受伤的好肉。”围观的群众议论纷纷地说着：“活着也是让养母百般虐待，造孽哟！死了是解脱！”

“莲莲才满十九岁呀！是谁干的？”李漠愤怒起来，虽然没有血缘，可这毕竟是个如花的生命！

李漠不得不通知了姐姐李丽到场。

刑警当着养母李丽的面提取了胃内食物等，以做化验之需。

李丽将莲莲尸体送到了火葬场。

没有葬礼。

时间永远定格在十九岁。

十九岁应该是人生最美好的年华！

十九年饱受虐待的生活就是莲莲的一生！

这世上没有一个人爱她，也没有一个她爱的人！

莲莲不幸地来到人间，遭完所有罪以后，又不幸地离开了人间。

这世间，可有人真正地爱过这个可怜的孩子？

莲莲的亲生父母，你们爱过自己的女儿没有？为什么狠心抛弃自己的骨肉，不心疼吗？这样的结局作为亲生父母，你满意了吗？

有些人注定是要享尽所有福，才离开这个世界；有些人注定是受尽所有难，才离开这个世界。

这是莲莲的命！

她去了没有痛苦的地方……天堂没有虐待！

在这发生之前，时常听到莲莲晚上没有人管而夜宿街头；还有无数次夜不归宿，被派出所送回家；以及最终为不受虐待，流落街头……夜宿汽车站、桥底下、破旧房屋处……

欧阳粒红虽自身难保，还是找过莲莲要求她做正经事：“孩子，回家吧！舅母可以帮你找个好人家。”

“舅母你别报警！别让警察来抓我！”然后莲莲语无伦次地说：“李丽她虐待我，她经常打我，她不是我的亲生母亲，是养母！我妈妈为什么把我丢了？”莲莲已是心理扭曲，被虐待得精神和心理上都不正常了！最后莲莲还未等欧阳粒红把话说完，在欧阳粒红准备端点热饭给她吃时，已跑得无影无踪！欧阳粒红再也没寻到过她。

“你若管，也管不了的。莲莲已经不正常了，她的变态会毒死你家幸福的孩子。把自己孩了保护好就行了！”朋友们都劝说欧阳粒红。

实际上欧阳粒红也真管不了，一个成年人的行为，自己又不是母亲，在法律上是没资格管的。况且，莲莲已心理严重扭曲，不是个正常孩子，欧阳粒红想到如果《农夫和蛇》的故事上演在自己在家中，后果也是不堪承受的。心里除了心疼莲莲也还没想出更好的解决办法。没想到莲莲的花季年龄竟传出莲莲意外死亡的消息，这让人如何接受？

公安机关的化验死亡结果是：酒后呕吐，窒息而亡！

——排除他杀！

莲莲的横死街头，很快被村民纷纷知晓。

“这个女人害死一条人命！”悠悠众口，全部指向李丽：“孩子小就是让父母庇护的，孩子小有什么错呢？逼良为娼，好狠毒的婆娘！”村民们的议论，使李丽深陷舆论旋涡之中。

如果一个未成年的孩子没有家，也没有父母的爱，那么她就只有一条路——死亡！

孩子们好好爱自己善良的父母吧！他们不仅给了你生命，还护你安全、保护你健康长大！

“一出生就被父母遗弃！被收养后又受尽百般虐待！不爱不如不收养，把孩子当成出气筒，是会有天报的！莲莲是世界上最可怜的孩子！”村民们时常这样议论李丽，但李丽似乎不以为然，脸上的笑容却比以往更加灿烂！

六、生活里幸福比痛苦多

（一）给了丈夫最好的爱

爱他就给他最好的。

婚后的每天，欧阳粒红都会给丈夫做好早餐。可丈夫起起床后的第一件事就是：对着镜子刮刮胡子，欣赏着镜子中自己的那张自己怎么看也看不够的迷人英俊的脸。

吃了早餐，家中一切不管。

欧阳粒红洗衣、做饭、拖地、上班，丈夫每天洗澡的内衣外套全会准备齐全！

爱他就给他最好的。

欧阳粒红非常支持丈夫的事业。山高水深、夫贵妇荣！

丈夫自幼爱流鼻血，时常头昏，身体一直不好，因为律师工作是要时常熬夜，有时甚至是通宵达旦。因此为了照顾好丈夫，欧阳粒红包揽了所有家务。

“粒红，帮我查一下故意杀人罪的司法解释。”

“好的。”粒红答着，待女儿睡下，便帮丈夫查找办案资料。

“这是一个杀人案。两家是邻居，男孩把女孩子骗去喝了麻醉药，给肢解后埋在了菜园子。”

“天哪！这些男孩子太恐怖了！”

“还不是因为年少不懂事，不知受了什么诱惑，才学坏的！”

“所以，这影视资料宣扬正能量，很重要。”

“我接手这个刑案辩护压力很大！给女方父母造成如此的伤害，男方这边家中一贫如洗，连分文赔偿的钱都拿不出来！”

“没钱赔，那女方家会同意吗？”

“当然不会同意，女方家来索要赔偿，已在男方家住了五天了。派出所也无能为力。”

“这样能解决问题吗？”

“当然解决不了，问题是男方家没钱，亲戚也都不帮他，都不愿意借钱给他，男方家穷，怕男方家还不起。”

故意杀人案开庭了。

李漠在业务能力上是非常出色的！

当天早上天不亮，李漠就起来整理案卷了。

“我方被告人，因为差一天才满十四岁，故不负刑事责任。依据《中华人民共和国刑事诉讼法》第十七条：已满十六周岁的人犯罪，应当负刑事责任。已满十四周岁不满十六周岁的人，犯故意杀人、故意伤害致人重伤或死亡、强奸、抢劫、贩卖毒品、放火、爆炸、投放危险物质罪的，应当负刑事责任。已满十四周岁，而不满十八周岁的人犯罪，应当从轻或者减轻处罚。……故而，本案被告李小满，因十三周岁，不满十四周岁，达不到中华人民共和国刑事诉讼法规定的刑事责任年龄，故而不应负刑事责任！……以上是我的辩护意见，如无不妥，请合议庭合议时给予采纳为谢！谢谢大家！”

李漠的辩护意见刚刚发表完，看到被害人反应很大，气极而泣！

法官敲响法槌：“镇静！休庭十分钟后再恢复庭审。”

十分钟后，法院问检察官：“这身份证和户口本上年龄不一致吗？”

检察官答：“身份证和户口本是一致的，但李小满的出生证和户口本不一致，因为李漠律师从医院调来的李小满出生时的病历，按出生证确实差一天才满十四周岁，案发时李小满确实是十三周岁不满十四周岁。而且李漠律师还将一同出生的两个孩子的父母的证词呈交法庭，证实李小满确实在案发时不满十四周岁。李小满确实达不到负刑事责任年龄。”

法官核实清楚后，当庭宣判：“李小满因案发时不满十四周岁，当庭释放！”

就这样李小满获无罪解放。

李漠因为此案，名声大噪！

虽然李小满没有坐牢，但最终李小满家将房子和土地都卖了，赔偿了被害人家，此事才算彻底平息。

李漠在事业上是成功的。

（二）畸形家庭畸形性格

婚姻里的幸福并不如事业好经营，如何努力也不见得能收获你想要的幸福！

一晚，粒红在院子里用最快的速度取了满满一抱衣物，回来时还是听到女儿撕心裂肺的哭声。

欧阳粒红以为女儿离不得妈妈半步，可当她急步到门口即惊呆了：家里的灯关着，屋内漆黑一团，女儿拼命地哭着……

“开灯！快开灯！”母爱使然，欧阳粒红的声音很大！很急躁！

灯亮了，女儿看到站在门口的妈妈止住了哭声。女儿稚嫩又挂着泪珠的脸，让欧阳粒红肝肠寸断！九个月的女儿扶着桌子想走过来，想扑进妈妈的怀抱，可她还不会走路呀！

“为什么这样折磨孩子？我才出去几分钟啊？”欧阳粒红的声音里明明表达的是崩溃！“为什么这样？！”

“让你凶！让你凶！”自尊被损的李漠，顺手拿起女儿的学步车，发疯样狠狠打在欧阳粒红的身上和头上！欧阳粒红抱着一抱衣服，还没反应过来，鲜血已从她的头发上滴流到衣服上，瞬间地上红红一片。她昏倒了，怀里的衣服撒落一地……

李漠吓坏了，拼命喊着：“粒红？！粒红！？”

“快送医院吧！”好心的邻居抱起孩子，催促李漠。

“伤口很深！”医生对李漠说。

“粒红，我是爱你的！”李漠表现出十二分的焦灼和一副二十分后悔的样子。

打了你还说爱你，真的不是爱，这是一种变态的折磨和伤害！

请相信家庭暴力只有零次和无数次！

这是一个男人的原生家庭根深蒂固的影响和自己步入社会的影响造成的，根本不会变！

粒红也是父母的宝贝！离开了父母、亲戚、朋友，放弃了家乡优越的生活，千里迢迢为了爱情从北方来到南方，艰难地改变着自己的生活习惯，换来竟是这样的爱情？粒红爱着自己的父母，爱着自己的家乡，念着家乡的亲朋好友，可为了这个以为可以给予一生幸福的男人，都放弃了，爱这个人的力量已超过以上情感叠加，甚至更甚！

此时，病床上的欧阳粒红，想北方白乎乎热腾腾香喷喷大馒头的味道了，她好想家！好想家！

爱情就是这样，你对男人爱得越多就越没有价值，特别是对这种不懂爱不会爱的男人！

思女心切，粒红顾不上满脸、满头、满身的血迹，飞奔家中将女儿紧紧抱在怀里。

看着怀中可爱无辜的女儿，自己问自己："离婚吗？"

复杂伤感触动心灵深处的原始感情和着洪水决堤般的泪水，欧阳粒红竟没有了走出婚姻的勇气！

莫名的苦楚暗示粒红以后还会受到这种家庭暴力，但孩子怎么办？不能因为以后会发生家暴就让孩子没有父亲吧？

孩子永远是女人的软肋，同时也是男人看透女人不会离开家庭的利器，因为孩子，怎么折磨你，你也不会走！为了孩子，女人会变得没有底线。因为孩子，你会永久地留下！

男人们应该好好爱自己的妻子，是她在支持你支持家！不要用你的暴力伤害你的妻子，否则你用一生的爱也换不走对她的暴力伤害！打在女人身上的拳头最终害的是你自己！

当晚天气也是奇怪，很少下雪的南方竟有雪花飘下。

"山倦了有大地安慰；云倦了有微风抚慰；雪倦了有细雨相随；我倦了可有谁依偎？"欧阳粒红望着无尽苍穹飘飞的雪花对家乡倍感思念，自问自叹："这是北方才该有的雪啊！"

无底线的后果。

李漠事业再成功，和心灵的创伤无关，那是原生家庭带给他的忧郁、忧伤，导致他情绪时好时坏，脾气焦躁无常！

李漠认定欧阳粒红的不离开就是原谅了自己的家暴。

李漠看透了，无论怎样，这个女人永远也不会离开自己的。李漠赌定：欧阳粒红很爱自己！仗着这份爱，自己便有恃无恐！

欧阳粒红下班后，在家忙赶制材料，对丈夫说："李漠，你做做晚饭吧！"

"我？没心情。"李漠厌厌地回答着粒红。

欧阳粒红时常想："丈夫这种没有得到过母爱的人，心灵永远只是一片荒漠，没有爱人的能力，也没有让人爱的能力。自己痛苦令别人也痛苦！"

欧阳粒红为了让孩了赶紧吃上热乎的饭菜，没有计较，很快饭菜上桌。

十几年如一日。

女人再有娇人的容颜、性格再淑娴、厨艺再精湛，久而久之地抬头是你、低头也是你，都会惹男人没有理由的烦！

女人过多的付出，只会让男人更加不珍惜。欧阳粒红还不知道家务要和丈夫共同分担，丈夫才能体会到妻子的不容易。

“你就知道挣钱！”李漠对欧阳粒红开始了最高级的嫌弃，这就是一个妻子包容的结果。

“人可以没有爱，但不能没有钱！“这是欧阳粒红上高中时就有的感慨！那是时常会为向妈妈要五元钱的生活费，而不好开口。妈妈太辛苦了！虽然母亲从来没有拒绝过给生活费，可自己给妈妈要过无数次生活费了，自己大了，会觉得羞愧！

欧阳粒红知道挣钱是自己的优点，万事离不开钱，父母养老需要钱，孩子生病、读书需要钱，家中生活大小开支全需要钱，人情交往喜忧二事更需要钱，人活着一天就离不开钱。而且因为丈夫和自己的努力不是已买了两套住房吗？可在丈夫眼里此时挣钱成了欧阳粒红的缺点！

“有嫌女人不会挣钱的，还有嫌女人会挣钱的？你还真会嫌弃！”欧阳粒红十分不满丈夫对自己的态度，冲着丈夫嚷嚷：“会挣钱的女人在别的男人那里，得高兴死了！在你这里却成了嫌弃？！”

李漠听了，却不以为然。

“一听你说话就烦！“李漠嫌弃妻子唠叨，借着这句话，又是甩手离家。

不知道这是第几次三天三夜不回家了。

欧阳粒红打电话，不接。

欧阳粒红发微信，不回。

孩子、家务、开支、生活，家中一切不管，统统与李漠无关似的，全成了欧阳粒红一个人的责任！

“阿嚏！阿嚏！阿嚏！”得了重感冒的粒红连连几个喷嚏！

“妈妈你正发烧，快歇歇！“蕊蕊已是初中生了，周末回家安慰欧阳粒红。

“我此时死了，你爸也不会知道。”欧阳粒红生病加疲倦，腿像灌了铅，身体仿佛很重，“我去休息会儿，一会儿妈妈给你做好吃的！”说完欧阳粒红躺在床上。

躺在床上的欧阳粒红觉得这床好大好大，好轻松啊，几时这样休息过呢？每天天不亮就起床，做早餐、上班、工作，回家做家务。如此循环多少年了？只要有一口气就不能间断！累啊！休息片刻，欧阳粒红又爬起来做了丰盛的晚餐，并给女儿准备第二天回学校的物品。

李漠这样的不回家行为已有无数次。因为李漠知道不管自己怎样，欧阳粒红都会在家里等他。

这就是欧阳粒红没有底线的后果。

人生几何？欧阳粒红发现李漠已变得自己都认不得！

三天后，为了换洗衣服，李漠回来了。

“都是我不好，我以后温柔点？”尽管欧阳粒红什么错也没有，为了孩子有个父亲，为了孩子有个完整的家，欧阳粒红还是第无数次地向丈夫妥协。

“别说了，你什么时候温柔过？说过多少次了，你改过吗？这日子我早过腻了！别对我哄、吓、诓、骗了！”李漠换了套衣服，丢下这句令欧阳粒红伤心透底的话，又消失在茫茫黑夜中无影无踪。

讨好，永远换不回丈夫那颗已离家的心。

丈夫去外边做了什么？问他他也不会说，欧阳粒红也不问。丈夫和自己已是渐行渐远！

“曾几何时？日子竟过成这种模样！”欧阳粒红自己也不解地问疲惫的自己，“是自己不好吗？自己几乎做了所有家务，上班收入也不错，女儿学习也很好。这样的家庭应该非常幸福，为什么自己如此痛苦，痛苦地想立即离开这个家，永远不回来！永远！可孩子呢？孩子怎么办呢？”

丈夫的一句“别对我哄、吓、诓、骗，了”一直回荡在欧阳粒红的耳边，真是一语足以，石破天惊！

“原来自己在丈夫心中已低微到如此地步？自己和丈夫相处，丈夫竟认为自己是用尽了手段？这让欧阳粒红惊讶不已，丈夫已不是二十前年那个对自己百般宠爱的丈夫了，丈夫变得太陌生了，以至于欧阳粒红已认不出这个和自己朝夕相处的丈夫了！”欧阳粒红扪心自问，闷闷不乐，找不出这个家的问题到底出在哪儿了？“是因为自己的无底线包容吗？”自己的婚姻，欧阳粒红也给不了自己正确的答案。

如果一个女人为了一个男人放弃一切，那么，这个男人可能会把这个女人和这个女人放弃的一切一同放弃！因为得到的东西如同结婚时买来的沙发，时间久了旧了，继续用会越看越烦，哪有新的好？虽然当初是左选右选费尽心机才选上的。

这种一直让人受伤且劳累的生活持续着，不知道什么时候才是个头？到头又是个什么样子呢？欧阳粒红工作、孩子、家务忙得团团转，没有自己的任何快乐，都是为别人在活。也没空闲想这些没有准性的东西。这种心情如遇到了连连下了三个月的雨天，让欧阳粒红心里一直是发霉的。但只要看到孩子，欧阳粒红又是开心和幸福的！

生活中所有苦，都是为你所爱的人承受着，都是值得的。

欧阳粒红这次没给出走的李漠打电话，也没有发微信。欧阳粒红的心也死了。

（三）离婚未果

欧阳粒红冷静地想了想："二十年了，洗衣、做饭，家务丈夫几乎没做过。自己从北方到了南方，生活上的不习惯，语言不通、环境陌生，等等，等等。付出所有，就是想爱有所归，让家人过得像个人样。结果换来竟是对自己和自己付出一切的抛弃和各种侮辱以及嫌弃！自己之所以对李漠百般委曲求全的目的无非是想让孩子有个完整的家，仅此而已。自己俨然像夏天的花朵却经历了冬天冰霜的摧残和折磨一般。丈夫对自己没有了爱，对孩子也是不管不顾，真是连利用丈夫的价值也没有了，既然丈夫认为温暖的道歉是低贱行为，那么这种丈夫也该下岗了！"

欧阳粒红想到此，心已定，立即书写了起诉状，递到了法院。

"算了，回家吧！都是熟人，哪有不闹矛盾的婚姻？"办案经验丰富的民庭庭长对李漠和欧阳粒红劝说一番。

看到了欧阳粒红的决绝。

李漠竟有了一丝不舍。

"我先回家了。"李漠欲走。

“要离！必须离！”欧阳粒红眼睛红了，泪水如河水决堤。

女人此时的哭泣，不是不舍，是放弃！

“妈妈，同学们都羡慕我有如此恩爱的爸妈，同学们都想有一个我这样的家！”小女儿忧愁的面容里写着不安。

“如果你和爸爸离了婚，小朋友们都不会和我玩了。”小女儿思思的担心已表达得很明显。

孩子的话，像手一样触摸到了欧阳粒红心灵最深处的伤痛。

看着可爱的小女儿，泪水哗哗地一泻而下：“自己想起为什么又生了二胎，和这种人生二胎，自己当时是不是脑子进水了？”

可孩子是无辜的，妈妈只应让孩子幸福不应让孩子受苦。

“好的，宝贝，咱这就回家。”孩子也需要在老师和同学们面前的尊严，为了维护小女儿的自尊心，欧阳粒红毅然回答。

看着小女儿露出舒心的笑容，欧阳粒红脸上阴云全部散开。在欧阳粒红的心里，孩子比什么都重要。

为了孩子，也为了给法庭庭长好心相劝的面子，欧阳粒红将诉状撤回。

和好。

没爱的婚姻是否可以继续？

试过才知道。

“天哪！我爸竟然起来做早饭了？！”学校归来的大女儿，惊呼父亲的变化认不出。

“妈妈放弃你了，你却变好了！”长女蕊蕊对爸爸说道：“从小只看到妈妈两脚不沾地地忙，看到的父亲就是一个要么天天不高兴，要么天天不回家的父亲。记忆中父亲只帮我送被子到过学校住校，然后暑寒假回家时会接我回家。除此对父亲没有任何记忆。”

“以前是我不好，我以后改，当一个好爸爸，当一个好丈夫！”李漠对长女蕊蕊说道。

是什么让李漠变得如此好了？是那种彻底失去的感觉吗？还是其他的原因吗？欧阳粒红不知道。

欧阳粒红心已死，李漠变得好与不好，自己已不在乎。

“对一个放弃一切，付出近二十年心血都换不来真心对待的人，谁还敢相信爱情？万一几十年后仍是一副嫌弃，自己可怎么办？一切靠自己，管你是爱还是嫌！”欧阳粒红认为女人可以依靠的只有自己。

欧阳粒红的心早被感情的冰霜冻伤！

李漠再好也无法弥补给过欧阳粒红的伤！欧阳粒红的心无法让自己原谅李漠的伤害！

“粒红！孩子们，快起来吃早饭了！”欧阳粒红还未睁惺忪之眼，听到李漠在厨房喊道。

然后小声地告诉欧阳粒红：“你换下来的衣服我已帮你洗了，干净的就在床头。我先去看守所了，得早去排队才行！”

“好，你去吧！”欧阳粒红应着。

不管怎么说，李漠也是为了这个家。

李漠竟也会早起做早餐？

欧阳粒红虽觉惊讶，但已不需要这种付出了，因为心已冷！

日渐变好的丈夫，对孩子和家庭来说无疑是最好的事情了。

李漠偶尔会亲手喂食给欧阳粒红，为妻子端饭、洗衣服、洗脚，接送上下班。主要是那好脾气，连恋爱时也不曾有过呢！女人是最最善良的。

“你不是说，我在对你哄、吓、诓、骗吗？”欧阳粒红向丈夫发问。

“那是气话，这么好的老婆哪儿去找，再不珍惜我将彻底失去你和孩子了。”

“你不是说，我一说话你就烦吗？现在不嫌我说话烦了吗？！”

“我原来的心一直在原生家庭里，全是忧伤，忧伤蒙蔽我的心智和我的双眼，人生让我感觉不到一点点的温暖和快乐！我一直没有走出来，我决定重新开始，好好爱孩子和你。”

“可我已经不需要了。”欧阳粒红心如死灰，“二十年对我的伤害，就这么算了吗？这对我公平吗？”欧阳粒红还在伤心中。

李漠听了好一阵沉默。

“你变好了，我就要接受吗？我为什么要接受？万一你哪天又变坏了，怎么办？”欧阳粒红再也不敢相信李漠了。

“相信我，我会一点一点变好的！”

欧阳粒红一点也不相信。

真如李漠所言，李漠变得好到让欧阳粒红又有些认不出了。

特别是那脾气，连自己坐月子时都没这么好过。欧阳粒红心疼丈夫，怕他“美尼尔综合征”又犯，生二胎坐月子时，都是自己支撑着给二女儿换洗。太心疼丈夫，什么家务也不让丈夫做，可能让丈夫没有存在感吧，或许女人太贤淑也是一种善良的错误。

李漠边工作还要忙家务，没想到李漠不但没有累倒，竟连“美尼尔综合征”也奇迹般地好了。

天天阳光的生活，欧阳粒红那颗冰冻的心似乎也日趋融化！

原来伤害过后，爱可以重来！李漠又重新爱上了欧阳粒红。

欧阳粒红如夏花遭遇冬季的冰霜折磨凋零后，在春暖花开之季，仍向着阳光重新绽放！

七、认识了可以让自己变得更好的老师

“这个嫌疑人的名字写错了？”在看守所会见时，有个警官认真地告诉欧阳粒红。

会见是律师的工作之一。

“我马上改。”欧阳粒红经常会写错复杂古怪但也不乏好听的彝族名字。

“没关系。”这警官的脾气特好地回答。

欧阳粒红在办案中，遇到一个如父亲一般的警察，他如冬日暖阳、夏日清凉。

有什么比遇到一个师者更令人高兴的吗？

因为工作关系留了双方的电话，无意间加了QQ。经过简单的交流，这警官竟颠覆了欧阳粒红的三观。

女人应该有自己的朋友圈，欧阳粒红以前心里只有家庭、孩子和工作，从不与异性交往；人应该为自己活一回，不应该只为别人活，应该有自己的爱好和快乐，不应该只有孩

子、家庭、工作；人生应该奋斗，可不能是工作狂，也应该享受生活。

遇到这个人，那红花绿草，就变成了红红绿绿花花草草；那青山绿水，就变成了青青绿绿山山水水，人生全是赋有诗意的美好……

Police 微信给 Lawyer：“人一旦给景物带上情感，必定美得不像它原来的样子！”顺便补充一句，“别误会，只是聊得来，别无他意。你可以喊我叔叔。”

欧阳粒红回复：“你给我的感觉就像我父亲一样。我也很喜欢你写的散文。”

Police 在微信上回复：我有几篇文章获得优秀散文奖……其中一篇内容如下”

我爱自然原始的美。

我认为爱是这样的……

爱是心底焚烧的欲火。

爱是心底不灭的痴情。

爱是嘻嘻哈哈中的温馨。

爱是看得见摸不着的真实。

爱是苦思冥想的泡沫。

爱是不尽的期盼。

爱是思想间的衔含。

爱是没有理由的牵系。

爱是不愿与现实接轨的无奈。

爱是捏不碎的苍白。

爱是每天不愿改去思念的习惯。

爱是无声中思念的喧嚣。

爱是罄竹难书的省略号……

爱是自欺欺人的羞涩。

爱是阳光下的迷茫。

爱是不敢面对的慌乱。

爱是无法舍弃的彷徨。

爱是两颗心自然碰撞的共鸣！

爱就是稀饭加馒头。

爱是迷醉笑眯成一条线的眼眸。

爱是轻施淡抹的靓丽！

爱是在对的时间遇到对的人的狂乱和落寞！

爱是深谷欲壑间的梦！

爱是驰骋原野的心醉！

爱是没有翅膀的翱翔！

爱是节制与尊重。

爱是南北蛮夷之地美好的邂逅！

爱是漫长煎熬中的等待……

爱是说了“不”的永不回头的执着。

爱是冷了又热了、热了又淡了再次热了的疯狂！

爱是尊重与克制。

爱是抑制不住的理智和梦幻对决的波涛起伏。……

欧阳粒红被震住了，怪不得获奖。

Lawyer 回复：“一个‘爱’字，能说出这么多语言？好丰富！”

Police 回复：“当然，还有更多。这是和我女朋友交往初期写的，没想到还能获得小奖。”

欧阳粒红回复：“好棒！”

她觉得这人文采斐然，有点欣赏！回复警察一个大拇指。

各有各事，因少有空闲，双方很少联系。

相遇是命中注定的，逃不掉，跑不了。不在这里相遇也会在那里相遇。第一次不相遇，上天也会安排第二次、第三次甚至第 N 次相遇，直到相遇为止。

这就是天意！

天意难违！

一个午后，Lawyer 看到 Police 深夜发在 QQ 里的一张夜晚月亮挂在树梢的图片。

Lawyer 有感，QQ 回复 Police：“随兴而写，别无他意，请多多指教！”

月光

只有懂的人才知道那月光，
湖水懂得月光的柔亮，
月光懂得湖水的波光，
树梢在轻微摇晃着吟唱：
月光照进胸膛，
胸膛为它留有地方——
为那一抹最美的光！

第二天，Police 回复 Lawyer 的是父亲式的赞扬，稍做指点后，然后回复的仍是颇有文采的几篇散文。

忙不胜忙的Lawyer过了几天，又看到Police发的说说：

夜深人静，只有我和我的心跳声及呼吸声在不知疲倦中不愿入睡，或许这是一种零乱的激荡与空漠所致。

有一种坚如磐石的东西有如韧丝般缠绕着我、折磨着我、甜蜜着我，挥之不去却又触摸不及。天涯咫尺间仿佛又如咫尺天涯，我折服矛盾论，也许这即是矛盾的客观体现。

回味与期待是一种无以言表的美丽，回忆似乎触手可及中，却不知道期待何在？浪漫的我，木讷的我，迷茫又清晰，坚毅而游弋。抛根彩带于空中，让它将远去的点滴串连起来，抚平思念的疤痕，慰藉期待的无奈。

蓝天白云下什么都会变，唯有真真切切的邂逅不褪本色。时间如流水，岁月沧桑、沧桑岁月。多么希望有一种交战，没有硝烟弥漫的斗战可以用蜂蜜圈定界线。

幻想在羞涩中迷乱、憧憬在矛盾里退缩、情怀于真切中升华。平平淡淡中忽远忽近、忽近忽远间酝酿温馨。

我相信：真实的永远不会没落！……

Police 留言：“只是过往发表的一篇小文章而已。”

Lawyer 看完，回复警察：“真不错！感情真是个永恒的话题！”

几天后，Police 空间又有一篇获奖散文：

空洞的美梦

梦真的是一种奇妙的东西，梦能给人以醉心的甜蜜，令人回味无限……梦是永远不会熄不灭的心灵的支撑、梦是引人不懈奋进的温馨源泉，有梦真好。

也许正是应了痴人说梦的说辞吧，我特喜欢做梦。多么希望我能主宰着我梦的格调和内容，让梦有一个统一的格式。可是我知道不能，这只是我一厢情愿的企盼罢了。我的梦总是五花八门的，不过倒也特美的，因为梦的主题似乎从不会变更，清晰明亮中熠熠生辉。我非常非常信奉“日有所思，夜有所梦”的说法，因为我的梦总是会忠实于一种自然，我的梦总是无法逾越有如城郭般的箍环。也许只是因为我喜欢绿油油的陶醉的原因，也许只是因为我渴望被茂密的思源浇灌的原因，几几回回的醉倒梦中。人的一生都由过去、现在和将来所组成。过去了的纵然你有上天入地的本领也不会在，你就这么想着的这一秒钟就已经成为了过去，所谓将来其实也一样的，就在已经成为过去了的刚刚还属于“现在”的这一秒钟紧接着成为过去了。虽然读着感觉绕口且挺让人费解的，可是有一个多么悲切而客观的道理参蕴其间。

过去、现在和将来有如划过天际的流星轨迹循环往复，美好的、无奈的、酸楚的、甜蜜的、悲情的、温馨的、无以言说的尽在其中。

我相信缘分，一种没有丝毫彩排过的邂逅、一种没有事先约定过的共鸣、一种没有尽头并没有理由的无奈。我五彩缤纷的梦竟能囊括着醉人的小酒窝，还有洁白如雪的美牙，更有丹凤眼的傲气，没有梦我看来夜不能寐了。

我时常在想：我应该算得上一个非常幸运的人了，因为我夜夜有梦，虽然只是梦。人生有梦才会尽显英姿，当然了那是一种精神层面的姿态。梦中我最喜欢用思念编织浪漫、用煎熬饮喂无奈、用理智禁锢痴情、用期盼驱策迷茫、用……

梦是我今生无力撕破的网，也是我不愿停息的定格。

梦是我心底永远秀丽的温馨，梦是永远眷顾着我的无悔，而你是我梦里永远不会褪色的主题。

Lawyer 不禁赞叹着回复：“原来，你是个写散文的高手？”

对方回复：“一般一般，只是爱发点感言。以上都是认识你之前写给女朋友的，是很多年以前的文章了。”

欧阳粒红猜想：这个警察叔叔写给她爱人的散文好美，用这种方式，还挺有浪漫情怀。

都忙，双方又是很长时间没有联络。

Police 的 QQ 里又有了新的内容：

“生不如死!

累……

不想言语!

……”

欧阳粒红问 Police：“怎么了？”

“和她闹了点矛盾，不过，现在好了。爱情最会折磨人!我老婆是出了名的美女！贤淑又温柔，有时闹点小矛盾就当是生活的调和剂。”Police 回复。

Lawyer 回复：“是的，所有的婚姻都会有矛盾。”

这是一种超出友情和爱情的高尚的情感，没有经历过的人不会知道也不会懂的。

Lawyer 晚饭后去田边散步，看到山峦、田川，刚刚飞过头上的飞燕。觉得自然界十分美好!

由于许久没有回复，LawyerQQ 里是无数个 Police 发的抓狂的图案。

“入秋了，已是秋天，秋意浅浅。

请文学家欣赏欣赏我笨拙的小诗：”

你是秋

秋浅，

入了夏的心愿。

夏目所及，秋意盎然！

你是那苞，那绽！

你是秋夜星空高高亮闪闪！

秋怨，

也是夏的遗憾！

绿意泛黄，夏妆难扮！

你是那枯，那欠！

你是秋季夏枝满满枯盼盼！

秋言，

用了秋果展现。

夏花之愿，秋来实现！

你是那果，那甜！

你是田野谷穗弯弯金灿灿！

不久，欧阳粒红收到对方回复的一个大拇指！这种相互赞扬很重要，是人生的阳光，会给人无形上进的力量。

如果树木有嘴巴，花儿会说话，大自然也有感觉的话。

也会说:“珍惜这种高尚的友谊吧！”

Police 回复:“心里有苦，生活中有难，可以告诉我，我可以帮助到你！”

欧阳粒红回复:“谢谢！感谢父亲一样的支持！我一定会变得更好！”

欧阳粒红遇到一位真正激励自己积极向上的师者，幸运!

真正的赞扬就是为你变好!

立冬了，欧阳粒红觉得，今年的冬天比任一年都暖。

欧阳粒红看着辛劳的母亲包的饺子，看着白发苍苍八十岁的母亲，本该自己照顾母亲，反而是母亲无微不至地照顾自己。为了感谢母亲的爱，感慨着写了一首小诗:

立冬

今日立冬未觉寒，路边枯叶空中闲。
天似秋日里的天，蓝似秋日里的蓝。
你看！那天！那蓝！
天里有蓝，蓝里有天，天蓝蓝天！
冬痴留秋的自然，秋痴迎冬的浪漫。
你看！那山！那远！
山在远处，远处有山，山远远山！
秋冬交换一瞬间，南方确比北方暖！
妈妈今天包的饺子，
胜过冬日厚厚的丝棉，红红的火炭！

老公李漠看到微信里欧阳粒红发在朋友圈里的小诗，连连评论：“好棒！”

八、凋零后的重生

在这种内忧外患的情况下李漠和欧阳粒红怎么通过司法考试的呢？李漠和欧阳粒红都不知道。

可能是老天在冥冥之中的帮助吧！可能父母不喜欢的孩子容易成才吧！

过了司考，李漠和欧阳粒红发誓："原谅世界上任何一个伤害过自己的人！感谢伤害！因为磨难是生活中的玫瑰！"

欧阳粒红不再纠缠于家事，时间宝贵，心思用在工作和孩子及家庭上的闲暇时间，欧阳粒红也会抽出时间交友。精神独立和经济独立让欧阳粒红找回了自己，也拥有了幸福！

欧阳粒红多年努力的结果让亲生母亲和兄弟姊妹以及朋友们非常欣慰！

大女儿也已顺利过了法考！李漠和欧阳粒红共同开创了自己的律师事务所。

子女成才是人生幸福之一！事业有成是人生的幸福之

二！人生的幸福之三也应该很快到来了！

如果很老的父母迫害自己成年的孩子，孩子的结果有两个：要么被痛苦折磨而死，要么如凤凰涅槃般重生！

如果没有人爱你，你就爱工作吧！工作永远不会伤害你！只会回报你！工作会让你收获多多的爱。

转间十多年过去了，传来公公患癌症的消息，没人给公公出钱医治，李丽更是没钱给公公医病。李漠和欧阳粒红出了医疗费用，从公公患重病仍坚持着来欧阳粒红家中擦桌子、拖地板的行为，看出他以往从不曾有过的悔意。

如果说伤害别人就是伤害自己的话，那么原谅别人也就是原谅自己！付出是一种快乐！

欧阳粒红除了照顾孩子和工作，后面还写了几个触动心灵的真实案例以表感触！

九、余生 婚姻里全是甜

“妈妈，为我八岁写首诗好吗？”

“今天思思生日，今天妈妈一定会为你写首诗的。很快！请稍等！”

“为女儿思思八岁留念，快看！”

你

你，呱呱坠地，

那是妈妈收到最重的圣诞之礼！

那声响凑起对你未来衣、食、住、行、德、智、美、体相融的交响曲，

曲声里的喜怒哀乐都印进妈妈的心里，铸进妈妈的记忆！

你，是个小可爱，忒调皮，

嚷着要养小兔子、小狗和小鸡，还要养得胖胖的。

妈妈小时候也是这样的，理解你！

“妈妈，小燕筑巢衔春泥，我要造一座会移动的楼宇……”相信你！相信你！

你，八岁矣，

今天，一个个鲜艳的小脸，全淹没在小伙伴们笑海的语音里……

绿草地、小清溪、白白蓝蓝里，风光旖旎不如你！孩子是妈妈风景里的唯一！

你，八岁矣，

满山树木拱出的嫩芽，似你！透着无限生机的嫩绿，似你！

你永远是大地周而复始的希冀！全家都爱你！爱你！爱你！

“谢谢妈妈！我很喜欢这首诗！”思思很懂事地对妈妈表达谢意。

欧阳粒红知道，一个和睦的家庭，才能教育出成才的子女。

为了孩子，一切付出都是值得的。

“祝你生日快乐！祝你生日快乐！……”在小朋友们的祝福声和父母的陪伴下，二女思思迎来八岁生日。

已经历过婚姻风暴的女人，再经历什么也不觉得是苦，体会都是甘甜……

第二篇　芳

十、不是婚姻的婚姻

（一）病重的姐姐

在南方的一个小镇里，有个依傍在二半山区的小村庄，青山绿水，白云环绕。村子边有一条清澈的小溪日夜不停地从山上流淌下来，村里的村民们时常方便地在溪水里洗菜、洗衣……

“妹妹，帮我把碗收了。”

从破旧的床上传来微弱的说话声，床上凌乱的旧小花薄被胡乱地盖在芬芬身上。

“好！”

刚刚放学的芳芳放好书包，应了一声。

她来到姐姐的床前，麻利地收拾了碗筷。问道：

“姐姐，你感觉好一点没有？”

芬芬仰面躺着，着一件旧的蓝色圆领薄毛衣，因长久没有清洗衣领已看得到油污。乱蓬蓬的两条麻花辫子分别放在芬芬的两肩，头发显然很久没有梳理过。面黄肌瘦，两眼十分呆滞地盯着屋顶。

姐姐慢吞吞地说道：“没什么好不好的，天天都一样，我就是想小宝。”

芬芬从旧薄被里，伸出枯瘦的双手，在空中做出一个搂抱的姿势，哭泣道：“我的小宝……”芬芬边哭边说：“生下小宝才三个月，他爸就因盗窃判处有期徒刑。我又得了这奇怪的重病被父亲接回娘家。儿子才几个月就丢给公婆，叫姐怎能不牵挂？”

“姐姐，不能再哭了，这眼都哭瞎了。”

妹妹含着眼泪拿起床头的帕子，帮姐姐擦了擦眼泪，并把姐姐的左右手放进薄被中盖好。

“反正这眼都已瞎了，也不在意是否更严重！”

“父亲说他已去看过小宝，小宝的爷爷、奶奶待他很好，你不用太担心了。”妹妹看着姐姐那双瞎眼，心如刀绞般疼痛。

“姐，老是哭总是不好的。”芳芳安慰着姐姐。

“我扶你下来慢慢走走吧。”

“我都躺了几年了，哪有力气坐起来？何况是走呢？”

“像原来那样，在院子里你扶着墙慢慢走？”

“走不起了！”姐姐悲伤地轻轻摇头，“我的日子可能不多了。”

姐姐身体十分虚弱，以至于说话都累得直喘着粗气：“是遗传吧，像妈妈一样也是突如其来的发烧，导致双腿不能走路，不能吃饭。我可能要去天堂找妈妈了……”

“姐姐，别这样说，你还好着呢！”妹妹在床边泣不成声地说，“我对母亲没有丝缕记忆，也不知道母爱是什么滋味！有一次我无意间看到一个母亲在哺乳自己的婴儿，禁不住羡慕地看了好一会儿。”

姐姐摸索着抓住妹妹的手，对着无比可爱的妹妹疼爱地说道：“我可怜的妹妹！”姐妹俩拥抱着嘤嘤地哭泣着……

“我只听父亲说，母亲生下我不久突然发高烧，就双腿不能走路，也不能吃饭，然后就去世了……”妹妹看了看虚弱的姐姐，“姐，母亲就像你这样吗？”

姐姐朝妹妹坐的方向点点头，轻轻地“嗯”了一声，又说：“有些病是不得其因的，正因为如此才无法对症下药，才无法医治，只有等死。”

“我不让你走！你不能走！姐姐要永远陪着我！”妹妹害怕失去姐姐，发疯似地搂着姐姐，泣不成声。

“妹妹你已经是大孩子了，你要学会照顾自己。父亲以后也全靠你照顾了。”姐姐抚摸着妹妹的头，哽咽着有气无力地叮嘱着，像是交代后事。

妹妹的手搂得更紧了，痛哭着说：“我很小就失去了母亲，怎么再能失去姐姐呢？在我心里姐姐就和妈妈一样，只要我放学回家看到姐姐就和看到妈妈一样幸福！”妹妹的眼睛已哭得红肿。

“妹妹，姐也舍不得你。你也是个没人疼爱的孩子！可我这身子怕没多长时间了。”姐姐若有所思地说：“我走后，那个姐哥，他想走就让他走吧？”

“你是说姐哥——张留根？”

“嗯。”

姐姐应了一声，缓慢地继续说，“这个姐哥不是真心对姐好，是因为他家是山区，条件比我们这儿还差，否则他到咱家来图姐这个病身体吗？”

妹妹懵懂地松开搂着姐姐的手，惊讶地看着姐姐。

“姐姐，你是说姐哥对你不好？”

“当然不好，你看他给我洗过一件衣服或为我做一顿饭吗？一两个星期回家一次，我这房间他都难得进来。”妹妹惊奇地看着亲爱的姐姐，“人都是有所图的，有的婚姻看上去像爱情，实际上都互相有利用价值。他利用我从条件差的山区来到了这交通好的地带生活，我们家利用他有劳动力。”

妹妹好似一下听懂了姐姐说的话：“他似乎不在意你的病，不像父亲那样担心你，更没有为你煎过一副药。那这个张留根还在咱家干什么？”

姐姐没有回答妹妹的话。

她太累太累，虚弱极了，昏昏地睡了过去……

（二）鸠占鹊巢

“这是我的父母，这是我前边的儿子张安平。“

在政府给芳芳父亲扶贫安置的三间土木结构的正房门口，张留根给忠厚年老的岳父介绍着，“我的家人来看看芬芬。”说着从父亲身上接下背篓，“这是为给芬芬补身体特意从家里带来的土鸡。”

“哎哟，来了就好，还拿两只大公鸡？”芬芬的父亲接过背篓十分高兴，热情地把亲家让进屋里。

芳芳最看不惯两只大公鸡就能买去父亲的心！

芬芬此时昏昏沉沉的，气息已细若抽丝。眼睛早已是什么也看不见，他们进到房间里芬芬竟然没有感觉到，张留根朝他们摆摆手，示意他们赶快出去。担心晦气粘上自己，他们径直退了出来。

芬芬的父亲烧了一锅开水，用一个旧的茶杯泡上一把自己大门口树藤上的金银花，端到亲家面前：“请喝茶！”

芳芳刚好放学回家，发现家里一下子多了几个人。姐哥张留根介绍说：“这是我的父母。”

芳芳拘束地叫了一声：“亲爷、亲娘！”

“这是我与前妻的儿子张安平。”芳芳看着比自己还高的男孩，不知道如何称呼。

“噢，安平比你大几天，就叫他哥哥吧。”芳芳礼貌地喊过“哥哥好！”

“这是芬芬的妹妹，芳芳”。姐哥又将芳芳介绍给自己的父母。

“好，好，好清秀的女孩子”。张留根的父母夸奖着似乎很喜欢芳芳。

“自从张留根父母和前妻的儿子住进这个家里后，这个冷清、孤寂的家一下子热闹了很多。”父亲对小女儿的说法很是赞同，仍是木讷不语。

“您似乎很欢迎这一家人？”父亲不知小女儿提问的含义，只是点头微笑。

张留根已是这个家实际上的主人，父亲完全是一种摆设！一天夜里，竟没有任何人阻止张留根把被子悄悄抱到芳芳的房间……

芳芳经历了不该经历的东西，在恐慌和无助的迷惑里辍学了。

一个月后父亲听到芳芳“呕！呕！”剧烈地呕吐声。

父亲一下子知道了什么，拍拍芳芳的背说：“能过就好，能过就好。”

无助的芳芳，太想求助父亲让她摆脱上天安排的这不该属于她的灾难！

可她看到年迈的父亲的眼里似乎闪过是一丝欣喜，并没有对女儿的心疼和理解，更没有对禽兽的责怪和不满！一块贫穷和愚昧的大布将丑恶掩盖得严严实实！

年幼的芳芳不知道张留根的行为是犯罪，二七芳龄的芳芳，她根本不知道去控告，她也不知道怎么去控告？父亲是其监护人，有控告权！但愚昧落后的父亲希望她给这个快要灭亡的家带来新生，让张留根坐牢是想都没有想过的事情。

芬芬前额发黑，两眼干黄，颧骨突出，两耳焦干，面色蜡黄，已是只有出气没有进气了。

“芳芳快来，你姐不行了！”

芳芳快步冲进姐姐的房间，“姐！”“姐！——”

姐姐已听不到妹妹撕心裂肺的哭喊声，没人知道她几时没的脉搏！

她停止呼吸时那双瞎眼依然无望地睁着——死不瞑目！

姐姐放心不下小宝，还是放心不下妹妹？或许父亲也是她的牵念？

没有棺木，没有灵堂，不知道怎样的一种简单仪式安葬了芬芬。

没有芬芬做障碍，张留根对芳芳更加放肆起来！这令芳芳十分愤怒！“你这个大我 26 岁，令我恶心的老男人，不要靠近我！”芳芳讨厌极了！

“你怀着孩子，我不跟你一般见识！”开始张留根还比较谦让芳芳。

羞辱、仇恨、厌恶和姐姐说的那些话连起来一直萦绕在芳芳的脑子里。

每当芳芳伤心时，想对父亲倾诉痛苦时，父亲就是一句：“能过就好。”这是父亲唯一说出口的话，然后就不再作声。

芳芳恨死父亲的这一句“能过就好。”

望着自己日渐长大的肚子，十四岁的芳芳不知道未来是什么。

光阴似箭，转眼间芳芳快要生了。

“啪啪，两记耳光打在芳芳的脸上。”芳芳挨打已不是第一次了！这次是因为，怀孕八个多个月的芳芳慵懒地起床迟了些。

“呜！呜！呜！”芳芳打不过张留根，只有哭。

“夫妻打架很正常嘛！”忙完田里回家的父亲看到芳芳哭

肿的眼，说："孩子生下来就好了。"芳芳看着自己的父亲连悲愤的心情都没有了。

"下地干活！"芳芳才生下孩子第三天，丈夫就粗暴地让芳芳为刚出生的儿子洗尿布并要求她去田里种上玉米。

"牲畜下仔也要休息几天吧？"这是芳芳最有力的回怼！

生活对芳芳来说就是无限的凄凉和无尽的哀伤！唯一的开心是儿子会莫名地对着芳芳笑，可家中的伤害时常掩埋了这种快乐！

"出去找钱，谁白养着你？"张留根的粗暴让芳芳情感麻木，儿子一岁多时芳芳不得不出去打工。其实这是一种命运的转机。

"不到十六岁是童工，正规单位也不敢接收的。"餐馆女老板摇摇头拒绝了芳芳。

"请收下我吧，我什么活都能干！"老板娘还是摇头。

"就试用一个星期，你如果说我不行，我立即走人！"真诚打动了老板娘，"好吧，那就一个星期，如果不行必须得走啊！"

"好，一言为定！"芳芳每天第一个起来为老板娘拖地，打扫卫生，洗菜洗碗，端茶递水，忙里忙外。晚上拖着疲惫的身体最后一个休息。

一个星期后，老板娘郑重宣布："你可以留在这里继续干下去了。"

高兴之余，芳芳将自己的苦难如实告诉这个有丰富人生经验胜过亲娘一样的老板娘。

"十六岁还是孩子撒娇的年龄。"老板娘心疼地看着芳芳的脸，想从她脸上看出她悲苦的答案。但从芳芳稚气的脸上似乎看不出原因。

老板娘对芳芳说："这是命！但命是可以改变的！"

"改变？"这是芳芳从没有想过的。

"你，这么好的孩子，应该过得很好。"勤劳的芳芳博得了善良老板娘的好感和关爱。

"早上稀饭、馒头，中午炸酱面，晚上几个小炒，还有工资，我很知足了。"芳芳开心地笑了，拳头在胸关一抱，发自内心地说："很感谢老板娘！"

"离婚吧！这样就可以离开那个讨厌的坏家伙。"

"离婚？"芳芳内心现在还无法承受这么大的事。

"发工资了吗？家里等着用钱，快把钱拿回来！"这边工资还没发，那边芳芳丈夫的电话已是催个不停。

芳芳每月将 90% 的工资寄给家中，自己节约得可以一个月不花一分钱。几个月只有一套衣服穿，晚上洗了白天穿。

“丈夫把他父母和前妻儿子的户口迁到我家的户头上。看着所谓丈夫的一家人进进出出忙里忙外，我反而不知道做什么才好，自己仿佛是家里的客人，似乎张留根才是真正的主人。”芳芳告诉了老板娘，“我回家就是这个感觉。”

“只有离婚才能要回你的家，法庭会很公正的”。

老板娘的回答让芳芳沉默不语，“鸠占鹊巢，不离婚，你以后连个落脚之地也没有。”

芳芳不知道离婚是不是一件天大的事。

（三）离婚

有的人一辈子也下不了离婚的决心，有的人几分钟就决定离婚了；有的人经历无数件让她伤心的事她都不愿离婚，有的人只因为一句话就离婚了。

在好心老板娘的陪同下，芳芳找到了律师。

“你们没有结婚证，这不叫离婚，这只能算个同居关系的案子。”

对于律师的解答芳芳没有听懂，用怀疑的眼神望着律师：“不是离婚？我们都有孩子了？”

“对财产和子女的处理和离婚一样，只是男女各方均有结婚的权利，因为没有结婚证，所以，婚姻不受法律保护。”

“我听明白了，请一定帮忙。”芳芳终于明白自己立即结婚都是可以的，并不违反法律，原来一直糊涂地以为没有“离婚”不行呢。

终于盼望着离婚案开庭了。

三个法官着一样藏青色法官袍，穿戴整齐地并排坐在法官席上。

法官严肃地敲响法槌！“现在开庭！”

槌声吓得芳芳一哆嗦！心想：“这么严肃！”

法官道:“原告先陈述!”

“被告曾是我姐的丈夫，和姐姐领有结婚证，姐姐没去世被告就强行和我住在一起。当时我还在读书，不到 14 岁，什么也不懂，因被告的行为让我无脸见人，只有辍学，后生育一子。被告比我大 26 岁，如禽兽一般对待我，时常打我!奴役我!我有家不能回。被告让我挣钱养家，我和被告前妻的儿子一样大，被告却让我连他前妻的儿子一起养。我们没有结婚证，几年来我过的是噩梦一般的生活，我要解除这种婚姻，我要求儿子归我，被告付抚养费。房产系政府扶贫安置，是我父亲的名字，归我父亲所有。房产不是双方共有财产，他们无权分割!”

“好!”对于李芳芳在法庭上对被告的血泪控诉，法官给予同情。

“被告答辩!”

“我全家人户口都迁过来了，离婚后我的一家人怎么办?我不同意离婚，我是这个家的顶梁柱!这个家全靠我来养着。我不同意儿子归原告。我在赡养老人，如果离婚，我要求得到房产。”

法官一脸的严肃写着“公正无私”四个大字。

简单的举证质证和法庭辩论后，法官大声对被告说道:

“你这个张留根太不地道！看人家李芳芳家人力单薄无权无势，以和李芳芳的姐姐结婚为由站稳脚跟，后霸占李芳芳，把全家人的户口全部迁来入户被告家户头，鸠占鹊巢，原告还要当牛当马地挣钱养你全家。你比李芳芳大26岁，你都可以当李芳芳的父亲了。是你不懂事还是李芳芳不懂事？李芳芳和你前妻的儿子一样大，这个案子迟交了几年，要是早几年，我一定让你进牢房！一个大男人靠奴役一个弱女子生活，好意思吗？真是天理难容！”

法官一席正义的话语说得李芳芳热泪盈眶，不停地用纸巾擦眼泪。

张留根自知理亏，低头不语。

“同意调解吗？”法官看看原告。

李芳芳点点头表示同意。

“被告同意不？”法官再问。

张留根道：“我不同意离婚，因此不同意调解。”

法官对张留根的态度很不满意，说道：“你们没有结婚证，你们的婚姻不受法律保护，这根本不叫离婚。只是解决子女抚养问题。你前边已有个儿子，李芳芳没有子女，你们共同生育的这个儿子是要判给李芳芳的，你还要支付抚养费。房产是老人的，老人不可能由你赡养，由女儿李芳芳赡养。你们没有共有财产，你无权分割。“法官的一席话不容张留根辩驳！

“那我的家人怎么办？”张留根一副耍赖的样子！

“这个，我们法庭管不了。”法官没好气地告诉张留根，“但是，如果李芳芳的父亲起诉你们返还房产，你们全家只得走了。”

法官的一席话让李芳芳觉得心里这个痛快，身上的千斤重担仿佛被人搬掉一样轻松。此时正是闷热的夏季，正巧吹来一阵凉风，芳芳道：“真是凉爽！从来没有这么凉爽过！”

张留根看了看坐在对面的芳芳，哀求道：“芳芳，求求你，不离了，好吗？”

芳芳面无表情地摇摇头。

法官见调解无望告诉双方：“ 原、被告在法庭笔录上签字、按手印，过几天来拿判决结果。”

“现在闭庭！”法官法槌一敲！槌声又把李芳芳吓得一哆嗦！这一哆嗦是噩梦的结束。

愚昧的父亲在旁听席上，听了女儿的控诉，走过来拉着女儿的手说：“女儿呀，父亲我糊涂呀！“女儿眼圈发红，哽咽着，说这事不怪父亲。

判决没几天就下来了，如法官所说：儿子判决给李芳芳，张留根每月付几百元抚养费，医疗费和教育费凭发票一人一半。房产果然属于老人。

芳芳感叹："真是恶有恶报，善有善报，不是不报，时候未到，时候已到，必定有报！"

李芳芳"离婚"后，和父亲、儿子一起开了一个小餐馆，自力更生，自给自足。

后来，芳芳遇到了一位自己的真命天子，正巧是厨师。芳芳到张雪律师这来办事，把这厨师也带来了。厨师向张雪表态："芳芳命苦，我一定会好好守护她，不让她受一点委屈。我不允许别人欺负她，我也决不会欺负她。"

"能否接受她的儿子？"张雪律师问这个男厨师。

"芳芳的儿子就是我的儿子，我会视为己出。"张雪为芳芳庆幸。

芳芳也说："知道什么是爱情，也不枉活过！"

启示：不幸的婚姻只有解除了，才有机会重新找到幸福！

结婚是幸福的开始，离婚是痛苦的结束。

第三篇　兰

十一、家暴离婚

（一）变了样的幸福

命运不由人。

张雪律师正在接当事人的电话，突然办公室来了一位女士。

她一身白色套装合身得凹凸有致，一双白色高跟鞋也搭配得十分得体。可她一直围着一条白色丝巾，除了露出一双眼睛，面部被遮掩得严严实实。虽然头上丝巾和套装的颜色很协调，但给人感觉此人不同于常人。

这个一身白坐在张雪办公桌前。

张雪问："你有什么事吗？"

一身白像没有听见一样，没有出声。

正当张雪疑惑之际，一身白柔声答道："我是来离婚的。"声音如山间淙淙小溪清晰明亮。

张雪被这声音吸引住，心中顿生好感。

“离婚的？现在离婚的越来越多了。”张雪思忖着，很想看清丝巾里面的那张脸。

一身白仍是坐着不动。

“请你把丝巾取下来，好吗？”

一身白仍旧没有回答，从包里取出几张照片，放在张雪面前。

“天哪！”张雪感觉浑身被泼了冷水一样，浑身颤颤发凉！看着照片！张雪惊悚地张大了嘴巴！

继而张雪又觉得这样会伤到当事人的自尊，连忙捂住自己的嘴。

照片上的女主，鼻子没了。鼻子的位置被两个黑黑的深洞代替！披头散发满面鲜血，可怖的面容，活生生的是个让人毛骨悚然的妖怪！

张雪给一身白倒了杯白开水，递到她手中。

一身白取下丝巾。

一身白玉面惊人：肤白，一双桃花眼、蛾眉横卧、高鼻梁、一张樱桃小嘴粉嫩粉嫩的。发长、身材妙曼。样貌和身材，目测似二十多岁的年龄。

可惜的是一身白面部四道明显划痕，鼻翼处还有一个小缺口——她被毁容了！

无须多言，一面之缘即建立了彼此微妙的信任关系。

一身白自己开始袒露心扉："他跑了十几年了，我是来离婚的。"

"你这伤？"张雪问道。

这是感情破裂的原因，是必须要问的，哪怕是一根锥入骨髓的针，无论你有多痛苦，必须拔出才能治愈！

"我叫白兰兰，那天是八月十五……"

（二）幸福是这样的

兰兰与书言经人介绍认识，兰兰并不看好书言。开始交往时挺不情愿的。

书言个不高，肤色不白不黑，又胖，卷头发，衣服从没整洁过。感觉他那裤子随时可能会掉下来，邋邋遢遢。书言这名字和本人一点也不相配，书言没有丝毫书生气！

书言看着兰兰就是觉得兰兰像蓝天一样，让他心旷神怡！书言立志非兰兰不娶！

当时只是出于礼貌，兰兰才留了电话给书言。虽然兰兰心里没接受书言，但是无法摆脱书言长久对自己的接送、买礼物、买衣服还兼做饭的习惯，兰兰觉得自己该结婚了，于是就这样在这个对的时间和这个对的人结婚了。男孩子追女孩子的方法之一，就是让女孩子习惯有一直照顾自己的人。

恋爱时是两个人的故事，结婚后是多个人的故事。

婚后的兰兰和多数女人一样，心里只有丈夫和孩子，家就是兰兰的一切，丈夫和孩子就是兰兰的事业。

婚后二人在镇上开了一家卤菜店。

由于味道独特，镇上的生意就她家最好！二人又会经营，没几年家里从正三间房子翻修成别墅，小车也有了。书言平时看着一对双胞胎儿子，时常高兴地边唱边数钱。

二人从没争执过。

幸福就是这样。

（三）幸福不打招呼就离开

早上六点还不到，兰兰正在翻滚的锅灶前大汗淋漓地捞着卤猪头、鸡、鸭、内脏……准备一天的生意食材。没想到此时书言凑过来，兰兰以为丈夫是来帮忙的。书言并不是帮忙，离奇地说："兰兰，我们离婚吧！"

"发什么神经？一对儿子聪明伶俐。咱家一天能赚上千元呢！"兰兰心思全在今天的生意如何经营上，根本没往心里去。随便回了书言一句。

女人灾难的到来，有如女人悄悄掉的头发，神秘得连自己都不知道何时发生的？

"今天，你离不离？！"书言说着夺过兰兰手中的卤肉，往菜板上一丢，"今天不离婚，这卤肉你也别卖了！"

"今天八月十五，生意好！快准备……"兰兰去抢书言手中的卤肉，想的还是怎么做生意多挣钱。

她以为书言在斗气，但看丈夫那一副怒目圆睁一脸严肃的样子，又不像是开玩笑。

不祥之兆即刻袭上兰兰的心头！

"我喜欢个女的，你得和我离婚，我必须和她结婚！"书言坦言中没有丝毫对兰兰的愧疚和对家庭的不舍。

“这是什么时候的事？我怎么什么也不知道？”兰兰不相信这是真的。

“你不用知道是什么时候的事。我不爱你了，就是不爱你了！非她不可！求你成全！”在书言的心里：爱就是要在一起，这很简单。不爱更简单，分开就是。

至于兰兰受不受伤，书言不管，书言认为这与自己无关。

“不！我不同意！我们这么幸福！离什么婚？”兰兰对这个晴天响雷根本不接受。

夫妻感情真正的凉薄，就是天天面对的人，不管你哭、你闹、你笑、你烦燥、你病，甚至你死了，心里都没有波澜，那都是你一个人的事。你的任何事在他心里与他一点关系也没有。

“不离！就是不离！”兰兰也生气了！

此时的书言似乎看到离婚无望。

书言二话不说，上前将兰兰两下按倒在厨房地上。兰兰无半点还手之力，也不知道丈夫今天唱的是哪出戏！书言膝盖跪在兰兰的背上，将兰兰的双手反剪到背上，拿出不知何时准备的水果刀，兰兰还没来得及反应，兰兰左脸上、右脸上已分别被划了两刀，割了兰兰的一只耳朵，随即将兰兰的鼻子割了下来！并用手扯掉仅连着面部的肉皮，顺手丢出了厨房！……

天使变成魔鬼只在一瞬间。

眼看着惨剧就这样发生在自己的身上，兰兰自己都是懵的！兰兰觉得是一场惊悚的梦！

“啊！——啊！——啊！……”兰兰撕心裂肺般发疯地惨叫着……这惨叫声中，有她瞬间失去幸福家庭的抗议、有她付出的不甘、对丈夫行为的不接受和不理解，她用惨叫声表示着自己对丈夫此行为的拒绝！更有对丈夫残忍的愤怒和对未来生活的茫然……啊！——啊！——啊！……直到声嘶力竭！

有谁能感受到这种痛？有感同身受吗？

兰兰精神崩溃，大叫着像个女鬼一样四处寻找着什么……

披头散发、满脸满身是血的兰兰，找到了一瓶剧毒农药——百草枯！

丈夫的暴行，不仅伤害了兰兰的心，同时撞倒了兰兰生命的支撑！丈夫的行为摧毁了兰兰生的动力，浇灭了兰兰活的欲望！

书言是兰兰最爱的人啊！兰兰瞬间觉得自己已不是人了，

自己轻飘飘的精神不受自己控制了。兰兰想在这个讽刺的团圆的八月十五立即死去，在这个万家团圆的日子里，就让自己的家破人亡成为对团圆之日的一种讽刺吧！

化成一颗尘埃也胜过在这世间存活一秒爽快！这种痛苦兰兰无法承受！丑恶的人类！……兰兰想用死表示："丈夫你不可以这样对待我！不应该这样对待我！我如此贤淑，如此善良！这样不公平！"兰兰要用死表示不接受丈夫的暴行！兰兰拿起百草枯准备一饮而尽，这一切就这样以死的方式结束吧！

"孩子！我可怜的孩子！是这个畜生干的吗？！"闻讯赶来的婆婆，悲愤地夺下了剧毒农药，搂着儿媳一阵痛哭！"我陪你去公安机关报案！"

在公安机关，兰兰什么也没说，什么也没听见。

兰兰精神麻木了！

血流了很多，是自行止住的。

兰兰感觉到心都随着血流出来了，胸腔中五脏六腑都不在了，空空的……脚下软软的……眼里全是丈夫张牙舞爪、面目狰狞的、手持凶器来杀自己的恐怖模样……兰兰心里全是死！死！死！

婆婆带兰兰去了最好的医院，为兰兰做了整容手术，支付了全部医疗费用。由于植皮不够，导致鼻子还有一个缺口。耳朵部位因为头发挡着看不清楚伤痕。

张雪感叹伟大的整容术，拯救了兰兰！

丈夫的弟弟跪在兰兰面前："嫂子，是我哥对不起你，你回娘家静养吧！两个孩子交给我来养！"

兰兰无声地哭了，原来自己是不可以死的。刚刚只顾着伤心，竟忘了自己还有一对需要母亲照顾的双胞胎儿子啊！自己死了，那儿子们没有爸爸、没有妈妈被人欺负怎么办？

兰兰必须活着，不管这人生多么痛苦！

两个儿子的未来挡住了兰兰认为的去天堂的路！

有些人是死都不能死的，必须承受着人生应该或不应该承受的痛苦、困惑、苦果……这是命运，谁也改变不了。

这人生给点甜，又给你些苦，混合着味道，麻痹着神经，让你又痛苦又幸福地活着。人生就是这样甜蜜里掺合着痛苦让你恋恋不舍。

兰兰觉得婚姻好重！好重！人生好累！好累！

以前的，以后的，自己都承受不起！

情伤无药。

这样的一种伤害不是时间和新欢可以治愈的。

一句话伤了一个她，一件事毁了一个家。

“弟弟为了养我的两个孩子，没有结婚，孩子已长大，读大学了，现在工作了。”高兴的事情仍没有高兴的表情，兰兰一副冷淡的样子说，“我很欣慰！”

兰兰感叹:“感谢有这么好的弟弟！”

女人的欣慰在于孩子，孩子是女人心中最重要的。

“你恨他吗？”张雪要了解这伤害的程度。

“不恨！”兰兰表情平静得如湖面一般，没有丝丝波纹起伏。

时光里有很多重要的事情，挡住了回忆痛苦事件的路，不值得回忆的事时间长了便不再回忆，也就不再痛苦。

“他，一直没有音信？”张雪在了解案情进展。

“是的，十多年没有一点消息。”兰兰的声音柔得让人心疼，不知那男的怎么对这样温顺的女子下得去手？

爱情和美貌、金钱、地位无关，爱情该来就来了，该走就走了。不要留恋，强留的爱是一种伤害！

“没有寄过一分钱吗？”张雪必须了解案情。

“是的。”兰兰静静地回答，面部没有一丝悲愤和情绪变化。

真是奇葩！有男人不满妻子提出离婚，伤害妻子的；而本案却是男方要求离婚，女方不同意而伤害妻子！无论哪一种，受伤的都是女人！女人应该把自己保护好！

张雪律师以男方家暴妻子重伤和十几年不尽家庭义务导致夫妻感情破裂为由，按法律程序将白兰兰离婚的诉状交到法院。

兰兰如愿公告离婚。

在法庭上张雪看到了两个孩子，兰兰打开了尘封的记忆，重现伤心和道不完的心酸。

一家人抱头痛哭！婆婆带了许多特产给兰兰，这是替儿子的愧疚弥补。

拿到离婚判决的这一天，兰兰和书言的婚姻正式结束。

结婚是幸福的开始，离婚是痛苦的结束。

几年后，兰兰又到张雪办公室办她弟弟的一件刑案。

张雪竟没认出她，是她现任丈夫和她一起来的。

但她说现任对她很好，白兰兰说："不好的那个男人走了，是为了给那个更好的男人让路！"

兰兰藏满心事的脸上虽然没有开心的悦色，但张雪可以看到她灵魂内心深处的幸福。

张雪律师在想：一个女孩子既要有爱人的能力，也要有离开的能力，走进婚姻的殿堂，方可不受伤！

婚姻是你不离，我不弃。你若离，我必背道而去！去向一个花开之地！

第四篇　玉

十二、男人爱的样子

（一）千万富翁没有爱情

王大海是爱前妻的，无奈妻子不爱王大海，自己就像大海里的死鱼，早已无了生机。

王大海和前妻离婚了，王大海心疼前妻，房产、孩子和50万存款全部给了前妻。

从和前任离婚对财产的态度来看，这是个善良的男子。

王大海现在的工作是期货交易，一年一千多万元的收入还不包括平时生活等开支。

从他存的六千万来看，可以推出他来南方几年了。

钱多了没地方用，他觉得挺愁人的。

在这个陌生的城市没几个认识的人，只是晚上时常到正规的洗脚房泡泡脚来放松放松。次数多了，也和老板娘熟了，话也就随便起来。

“老板娘，给我介绍个对象呗！”

老板娘瞅瞅王大海那面相，说：“王总，有个李玉玉姑娘欠了不少账，你要是帮她还了，说不定她会跟你！”

“那你给介绍介绍呗！我先给你500元茶钱！”说着就把钱递给老板娘，老板娘收了钱，说了声：“等着！”

这边服务员刚给王大海擦完脚，那边姑娘就到了。

李玉玉今年二十八岁，初次见面着一身红衣服，里面是白色衬衣，黑色百搭鞋。风月场所的女人，那妆化技术可以好到看不出。

王大海一看姑娘很年轻，年轻就是朝气，而且那皮肤真像鸡蛋刚刚剥了皮一样，非常白又有弹性！特别那一双黑溜溜的大眼睛，黑白分明，顾盼生情。只一眼，王大海就相中了那姑娘！

幸福来得太突然，王大海有点招架不住！

“留个电话呗！”王大海要求着拿出手机。

姑娘说：“不用了。”

王大海知道自己相貌平平，姑娘看不上。

“有什么条件尽管说？”王大海不想错过。

“如果，你帮我还了60万的赌账，我们可以聊聊。”谁都知道这不是爱情，可王大海认为敢提条件的才是爱情。

十二、男人爱的样子

每个人对爱情的理解都不一样，王大海认为钱就能买来爱情，这就是他的爱情。

“60 万是不是？给我卡号，我马上给你转过去。”王大海一脸认真。

姑娘笑了，真有这样的男人，娘娘不相信。北方男子是耿直不耍心机的。

看着王大海一脸的认真，玉玉姑娘告诉王大海：“卡号是……”李玉玉看着卡里的钱，知道这不是梦，确实 60 万已到账。

王大海不知道的是，一个小时以后这 60 万李玉玉全还了赌账而且立即欠下 160 万！在赌桌上那叫一个大气，玉玉的表现完全就是一个大款的存在！

自从见了玉玉。王大海觉得自己就不是自己了，眼前全是玉玉的倩影。白天晚上他幻想着玉玉和自己说笑，魂牵梦绕，怎么想都觉得玉玉就是好。甚至想象着玉玉在自己怀抱里温柔的味道……以至于觉得玉玉要钱的样子都好看。只要能见到玉玉，哪怕看到玉玉冷漠的样子也行啊！

王大海又来到洗脚房找玉玉，说：“眼看春节了，我在这也没什么亲戚，我去你家看看吧？”姑娘收了王大海 60 万手短，也不好拒绝，大年初一就把王大海带到家里。

玉玉父母是明白人，也知道这个王老板很有来头。就说："你这个岁数有四十多岁了，我女儿还不到三十岁，如果你想娶我女儿得先给我修一栋别墅。"

王大海考虑都没考虑就答应了。

玉玉家人一看这王老板太豪爽了，眨眨眼又说，还得打100多万元彩礼。

王大海认为自己的幸福来了，只要姑娘家人答应，钱根本不是问题。

转账是分分钟的事。

很快玉玉家里修了别墅，王大海把100多万彩礼给了玉玉父母。

这事让玉玉父母一直懊悔当年怎么没多生一个女儿？

幸福的日子说来就来了！

这天是二人大喜的日子。

都说这什么都不图，只图男人好的女人最傻，图权图钱的女人比只图男人的好的女人幸福！

玉玉就是看上了王大海的钱。

结果结婚这天，守着满席的宾客，姑娘却大哭："这婚我不结了！我不喜欢你！你又矮又丑又土又老！特别是那张死面卷子脸！我想吐！……"

王大海气得不行，找岳父母评理：“你姑娘用了我几百万了，说不结就不结了？”王大海气得肝疼，“不结？行！把钱退回来！”

岳父母说：“这事不能怪我们老人，钱也用了，没钱还你。你要钱就向姑娘要！”

王大海一听气得就差吐血了！

这婚结得十二分的不痛快！还好，在打100多万彩礼时，王大海要求和玉玉领了《结婚证》。

反正姑娘也是王大海法律上的妻子，管你怎么折腾！

人心都是肉长的，用了王大海这么多钱，姑娘知道这婚是不好离的。

姑娘说：“那不离也行，你得给我再买套房子，再买辆车。”真是应了那句歌词：被爱的有恃无恐！实际上被爱的人的亲戚都被宠得有恃无恐！这时的爱就是真真切切实实在在地纵容！

王大海看到姑娘确实回心转意，立即照办。二百平方米的房子，一百五十万的车，很快到了李玉玉手上。

李玉玉这下变成阔太太了，也想好好和王大海相处相处了。毕竟能这样对待玉玉的，这世界上也只有这唯一的一个男人！

趁王大海上班，李玉玉开着豪车，在赌场里，一百多万一个晚上天还没亮，就全成别人的财产了——全赌输了！

王大海为了玉玉简直低贱到万丈深渊里，并且在万丈深渊里自己长出藤蔓爬上岸，向着阳光独自温暖。

（二）这是一种复杂的心伤

还没来得及享受幸福，王大海因为不分昼夜地守着电脑不运动，患上“脑梗”。

这是要命的病！

王大海住院了，姑娘也没来医院照顾。

王大海因为爱李玉玉根本没为这事责怪过李玉玉。王大海直接请了个护工。

李玉玉仗着王大海的这分爱，无法无天，她知道，王大海只要自己和他在一起，其他的王大海一点也不介意。

王大海在医院稍好点时，时常收到李玉玉要求打款的信息，意思自己又赌输了钱，要一二百万。

王大海深爱玉玉，他认为爱就是付出。

就说：“宝贝！到底有多少赌账？全还了不要再赌了，行不？”王大海为了爱之低微，自己都不知道自己有多卑贱！爱是迷离的，对王大海来说，爱就是一个看不到底的深海。他要去探寻，要去冒险……

姑娘还真答应了，说：“行！还了这五百多万，我就戒赌！”

王大海信了说：“好，我给你转六百万，别赌了就行！”

“好！”姑娘回复。

钱转了不久，王大海也好转出院了。

王大海出院回家一看，卫生间里竟有陌生男子的短裤、睡衣，还有陌生男子的拖鞋。

王大海这头“嗡”的一声！心想：完了！

打姑娘的电话几百遍，不接！

找到娘家，问娘家人人哪儿去了？娘家人就送了王大海三个字：“不知道。”

王大海那种心急啊！度秒如年一般！等了一个星期，姑娘回了一个电话，说还有赌账欠的太多，有人追账，现在不敢回家了！

不管真假，此时的王大海完全崩溃了！

前前后后一千多万就没有了，这是钱不是草纸啊！

最最让王大海受伤的是一千多万的付出也没能换来真正的爱情。

王大海看清了李玉玉的真实面目，日子是没有必要再过下去了。

花了一千多万，主要是还没碰过她。

“她不让碰，所以一直没有孩子。”

王大海认为玉玉年轻、漂亮，虽然多数人都认为玉玉不漂亮。

年轻就是朝气，朝气就是美，这不难理解！

张雪听着王大海的诉说，诧异之情溢于脸上："什么？一千多万，碰都没碰过？"

男人痴情的表现就是把自己最在意的东西给你！王大海认为自己最爱的是钱！自己最重要的钱给了谁，谁就是王大海最爱的人！

"这不是爱，这是占有，没有爱的婚姻，双方都不会幸福！"张雪解释着自己的观点。

"我的钱怎么办？"王大海更在意钱。

"先不说钱，先说感情。"张雪提醒王大海，"她是一个风月场所的女人，只爱赌，你相信这样的人也有爱情？"

"她爱我的钱，我爱她的人！"

张雪突然明白了，王大海对自己的长相没有自信，以为钱可以买来爱情。可这不是爱情，这是交易。自己出钱让对方出爱，这是王大海自己的想法，现实是王大海自愿出了一千多万并没有得到爱，得到的是背叛！

"我这心里很痛苦！"王大海痛苦地低着头。

当然，被人如此高级又高傲地愚弄不痛苦也不正常。

“我前妻也是背叛我，我才离的婚。”王大海把头深深地低到只能让张雪看到后脑勺的头发的程度。

这是张雪始料不及的事情。

“你真是个一直让我无法理解的当事人！”张雪无奈地说王大海。

经历过被两任妻子背叛的人，是一种什么心理感受？是因为王大海的问题，还是因为两任妻子有问题？

张雪不好开垦王大海的伤心地。

但从王大海和现任相处来看，王大海不管三观和不和，看上样貌就用钱去追求，对方只爱你的钱，不爱你的人，怎么会收获爱情？王大海也是教授级别的人，找个心心相印的女子应该不难！可王大海只想给别人钱，别人当然只要他的钱！其他的要求女人概不负责！

王大海不得不用起诉离婚的方式和兰兰对簿公堂。

昔日相爱的人，互相指责、互相揭短、互相中伤，在法庭上相伤、相害、相杀，否定对方的付出，否定自己的得到，否定双方所有的真感情。

双方的语言似一抔黄土掩埋了二人所有的花开，留下一城尘埃，谁也不再住进来……

（三）结婚是痛苦的开始，离婚是痛苦的结束 你不离我不弃，你若离，我必背道而去，去向一个花开之地

这样的辩解理由该不该给予理解。

王大海的离婚诉讼，在一个风和日丽的日子开庭了。

三个法官一排，着整齐的法官袍坐在法庭上。

原告王大海按法律程序陈述着："被告一门心思，就是想我的钱，对我没有一点感情，从来不让碰，还在外有第三者，背叛婚姻……被告和我没有同居过，被告就是个感情骗子！我要求被告还我一千多万，然后，请求法庭判决离婚！"

这是原告在法庭上意犹未尽的陈述，书记员一字不落地记录了下来。

"骗你的钱？我什么时候说过用了你的钱，就要爱你？你就想给我钱，我只是接受。再说和一个不爱的人领了结婚证有多么痛苦？你知道吗？你理解过我吗？你明明知道我不爱你，还要和我结婚，是安的什么心？这些钱都是你自愿给的，我都输光了，我也没有钱还，都消耗掉了！拿什么还你？要命有一条！"

以上是被告似乎也是受害者的答辩！

不得不佩服有些当事人确实找得到话说，至于辩解理由是不是内心真正的想法，便不得而知？这样的辩解该不该理解呢？

主审法院问:“原告是否有补充？”

原告王大海补充道:“你不还我钱，我就不离婚，拖也拖死你？”

王大海心里极不平衡，不爱也要占有，反正女方一辈子也别想再去寻找幸福。

“被告有补充没有？”法官在问被告。

“拖死我？我还年轻呢，看谁拖得过谁？我已离家数月，以后离家数年，离不离都一样！大不了，拖到你死了，我还能以妻子的名义继承几百万房产和现金呢！……”玉玉是被告在回答。

法官制止李玉玉:“被告说话文明一点！”

王大海瞪着李玉玉，玉玉噎得王大海再也说不出一句话来。

王大海觉得玉玉的话还真有杀伤力。“拖死王大海还可以分财产”这句话刺激到了王大海，这婚必须得离！

原告自己付出的千万！再重复一遍是千万！很多女人几辈子也没见过这么多钱。

可在李玉玉眼里，王大海对自己的感情就是一厢情愿！

王大海自己的家人和李玉玉的家人都感动地找不到自己了。

只是最该感动的人，心里丝毫未动！

按法庭程序双方进行质证和辩论。

法官最后对本案作出总结：1. 双方感情是否破裂？ 2. 婚该不该离？ 3. 钱该不该还？

“请围绕这三个观点，请律师发表代理意见！”法官是十分尊重律师的。

最后法庭调解时，王大海只是在说：“你骗了我！你骗了我！！……”

王大海一口接一口地猛抽烟，王大海对李玉玉所有的爱的期许随着烟雾慢慢散去，散去……渐渐消失不见……

离婚的结果在意料之中，也在意料之外。

第一次离婚，由于经济纠纷不便处理，加之李玉玉也没有明确同意离婚，法院判决不准离婚！

李玉玉真如自己所言，不再回家。

王大海也不再拿钱给李玉玉了，因为钱换不来王大海想要的爱和一个温暖的家。

王大海急切地盼望着，六个月快点结束，这样王大海就可以真正结束这段没有丝毫感情的婚姻了……他还真害怕李玉玉不离婚，拖着也把自己拖死了，李玉玉会以妻子的身份继承自己的财产。那太可怕了！王大海无论如何也不能让这样的事情发生！

实际上王大海只要写份遗嘱即可，李玉玉得不到王大海的财产的。可怎么解释王大海就是听不进去，就是担心。

两次失败的婚姻告诉王大海，世上没有爱了，王大海再也不相信爱情了。

爱情是别人的事。

感情对王大海致命的伤害，逼着王大海的内心告诫自己：此生自己再也没有爱情了……他已经没有任何信心和一丝能量让自己走进第三段婚姻……他永远也无法忘记这个让他终生后悔和心痛的女人。

盼星星，盼月亮，终于盼来第二次开庭。

“准予王大海和李玉玉离婚。由于双方没有同居，婚前彩礼 100 万和修建的楼房一幢归男方王大海所有。大部分钱因为是在双方婚姻关系存续期间已消耗殆尽，是不存在的共同财产，对不存在的现金，是无法判决归还的。本案诉讼等费用……”法院正式告知王大海和李玉玉判决结果。

“她也没钱，她也还不起我一分的钱。只要楼房归我也算对我的一点安慰。我对离婚判决很满意。我不上诉了，谢谢法官！”王大海又气愤又绝望地对法官陈述。

“李玉玉要上诉吗？”法院在问。

“我——也——不上诉。”李玉玉哭着对法官说完，又对王大海说：“我对不起你！你是这个世界上最真心待我的人，可我没法爱你！”

王大海一脸的不屑，对李玉玉说道：“你还算有点良心，别说给你一千万，就是给你一个亿你也是一分钱也没有！你只知道挥霍！”说完王大海扬长而去。

结婚是幸福的开始，离婚是痛苦的结束。

别以为只有女人痴情，男人的痴情的程度是你所想象不到的！当然男人绝情的程度你更想象不到。

花草枯萎之季，遇救命的雨水一场，草木生树，花子飘扬，花香飘扬……

（四）迎来花开

五年后，王大海终于遇到了一位贤淑的女子，女子是个医生。她不仅用药医好王大海的“脑梗”，还能医好王大海的心伤。王大海一直有病，这医生一直有药。这个女子就是王大海一生的解药，医用药还是心用药她都医得最好！女子终于医好王大海所有的心伤。王大海对现任妻子是前所未有的满意，甚至不相信幸福真会降临于自己身上，幸福来得太突然，王大海时常担心不是真的，但拧过几次自己大腿后，疼让他明白这是真的！这是真实的，妻子美丽、贤淑，还是个白富美！

王大海甚至看不起原来的那个自己，自己愚蠢到为一个女人神伤还投资千万资产？想想自己又好气又好笑……越想越觉得为自己以前的行为不值！

人欠你的，天会还你；天欠你的，人会还你。